本书内容纯属虚构,文中地名、人名如有雷同,纯属巧合。

中共六盘水市委宣传部文艺精品创作重点扶持项目

一路奔袭

李万军 著

中国言实出版社

图书在版编目(CIP)数据

一路奔袭 / 李万军著 . -- 北京 : 中国言实出版社，2023.3
ISBN 978-7-5171-4439-7

Ⅰ.①一… Ⅱ.①李… Ⅲ.①长篇小说—中国—当代 Ⅳ.① I247.5

中国国家版本馆 CIP 数据核字 (2023) 第 056219 号

一路奔袭

责任编辑：郭江妮
责任校对：邱　耿

出版发行：中国言实出版社
　　地　址：北京市朝阳区北苑路180号加利大厦5号楼105室
　　邮　编：100101
　　编辑部：北京市海淀区花园路6号院B座6层
　　邮　编：100088
　　电　话：010-64924853（总编室）　010-64924716（发行部）
　　网　址：www.zgyscbs.cn　电子邮箱：zgyscbs@263.net

经　　销：新华书店
印　　刷：成都市兴雅致印务有限责任公司
版　　次：2023年4月第1版　2023年4月第1次印刷
规　　格：880毫米×1230毫米　1/32　7印张
字　　数：170千字

定　　价：68.00元
书　　号：ISBN 978-7-5171-4439-7

目录

一	001
二	003
三	006
四	009
五	012
六	016
七	021
八	022
九	025
十	028
十一	029
十二	033
十三	037
十四	042

十五 ……………………………	045
十六 ……………………………	051
十七 ……………………………	060
十八 ……………………………	064
十九 ……………………………	067
二十 ……………………………	074
二十一 …………………………	077
二十二 …………………………	082
二十三 …………………………	083
二十四 …………………………	088
二十五 …………………………	090
二十六 …………………………	092
二十七 …………………………	095
二十八 …………………………	102
二十九 …………………………	105
三十 ……………………………	110
三十一 …………………………	112
三十二 …………………………	115
三十三 …………………………	121
三十四 …………………………	125
三十五 …………………………	128
三十六 …………………………	131
三十七 …………………………	136
三十八 …………………………	142
三十九 …………………………	146
四十 ……………………………	149
四十一 …………………………	156

四十二	158
四十三	160
四十四	162
四十五	169
四十六	173
四十七	180
四十八	183
四十九	192
五十	194
五十一	196
五十二	198
五十三	202
五十四	203
五十五	205
五十六	207
五十七	209
五十八	210
五十九	213
六十	215

每到清明节，杨羊都要带着妻儿来到岩上给他们的先辈们扫墓，岩上有他家几代人在此长眠。

常常他们到的时候，先辈们的坟前都已摆放了各种鲜花和果子，还插着忽明忽暗的贡香，微风轻拂着坟上的白纸，摇摇曳曳，轻轻柔柔的声音仿佛是先辈们在呢喃细语。

这个清明节，在市里某局任局长的杨羊带着家人扫完墓，看着村子里一块块的土地上，郁郁葱葱的苹果、葡萄、板栗、石榴、柿子、猕猴桃树，百感交集、思绪万千。

曾经，这里荒无人烟，全部是山、是岩，经过他的先辈们不懈努力，如今花开四季，如一幅五彩缤纷的画卷，生活在这里的人们仿佛置身于世外桃源，过着诗一般的生活。

前几天，淅淅沥沥的细雨下个不停，清明节这天却放晴了，阳光挣脱了云层的束缚，普照在广袤无垠的大地上，把岩上点缀得多姿多彩。山脚下景区里忙碌的人们，在杨羊眯缝着的眼里仿佛披上了金色的外衣，先辈们奋战劳作的身影在他眼前如梦如幻、如歌如泣……

一

◇

天刚麻麻亮，杨老爹就一轱辘从床上爬了起来。上完厕所出来后，正准备抬脚迈上屋后的山道。这时，他不经意地往山下一瞥，余光中看到一个模糊的身影从山脚下急急地爬了上来，待人影走近，杨老爹才看清是右边山脚下住的王小蛋。

山脚下是个地名，因为背后是大山，前面是河流，所以喊山脚下，这一喊却喊顺了，人们就叫山脚下了。

山脚下和岩上隔着一条冲子，这条冲子是从右前方淌下来的，鹅卵石白亮白亮的，汇合成了一条白亮白亮的河谷淌到左下方的北盘江岸。冲子面向岩上的对面是秋家寨，山脚下到岩上要下到冲子，再从冲子往右上才到岩上。

王小蛋人如其名，不仅下巴光光的没有一根胡子，就连脑袋上也秃秃的没有一根头发，走在路上脑壳黄灿灿的，一看就知道是王小蛋。

王小蛋走路很急的样子，气喘吁吁的。他看到在院子里站着欲上屋后的杨老爹，就把声音先喊了出来，颤颤的，断断续续的："老爹，不好了，我老爸要过世了，我大哥叫我来请老爹去帮忙主丧。"

杨老爹抬起的脚在半空犹豫了一下，又趸了回来，不急不躁、没有言语地向屋里走去。

王小蛋站在院里，静静的，不再说话，也没有跟过去，但眼睛却跟着杨老爹在走，耳朵在等杨老爹发话。

杨老爹在即将推门之际折转身："去把你三叔喊起，也在他家把家私背上，我洗把脸就来。"

王小蛋得令似的，只回了句好的，就一转身像篮球一样滚下了山去。

哪知杨老爹来到王老八家，屁股还未坐热，就被王老八的大儿子王大八无奈地请回，这究竟是怎么回事呢？

二

　　杨老爹说的王小蛋的三叔——叫王大贵,是他的二徒弟。王大贵一副憨厚诚实的样子,给人一种信任和稳重之感。

　　杨老爹还有个大徒弟,叫张前,但张前背叛了他,正和"永乐长冥"公司打得火热。自从张前和"永乐长冥"公司扯在一起借办丧事之名大敛钱财后,杨老爹就从心底里不认他这个大徒弟了。

　　那个时候,村里的丧事,"永乐长冥"公司都要插上一手,在公司的授意下,张前最大限度地延长丧期,因为延长丧期可以多收些钱,另外还可以收到很多红包。

　　张前的这种行为让杨老爹心里十分痛恨,一边是他不收钱,一边是"永乐长冥"公司大肆敛财,无形中成了徒弟和师傅的暗中较量,为此,村里无论谁家有亲人过世,只要找到杨老爹主丧,杨老爹都要速战速决,免得时间长了,被"永乐长冥"公司知道而夜长梦多。

　　这次杨老爹也想像往常一样简化程序,快刀斩乱麻出殡上山。

　　这么想着,杨老爹就加快了脚步。叶子烟的烟雾从他那一张一合的嘴巴里不断冒了出来,升腾在他脑后,一缕缕地缭绕着,像早晨的雾。

　　王小蛋家在山脚下寨子的中央,杨老爹跨过冲子,沿着几十年来铺就的石板小路,一弯一拐往上爬,还隔着几户人家就听到了嘈杂的声音。人们见杨老爹来了,热情而讨好地露出笑脸,有些急忙起身主动让座打招呼。

杨老爹没有说话,含着忽明忽暗的烟杆匆匆地向屋内走去,提前到家的王小蛋听到杨老爹来了,便赶忙迎了出来,把杨老爹引进里屋。

里屋虽然挤满了人,但却静静的没有声音,众人一脸肃穆,目光齐齐地看向床上的王老八。

人们见杨老爹进来了,主动让开身子,只见王大八坐在王老八枕头上,两腿爹开夹住父亲,两手搂在父亲胸前,用胸口抵住父亲变软的身体。

王老八勾着头,嘴巴含着钱,落了又被旁边的媳妇捡起塞进他的嘴里;他的右手拳头握着裹着的纸钱,纸钱很不听使唤,才握上又掉了下来,掉下来后又被旁边的人捡起塞了进去,好像一定要给他带去阴间。

杨老爹伸手到王老八的鼻孔边探了探,吩咐屋内的人把王老八移到堂屋来。

王大八抱着父亲的身体慢慢移到床边,其他人赶忙伸手抬住王老八的双腿,王老八像睡着了似的,被大伙抱着移到了堂屋中间的凳子上。

杨老爹又喊王小蛋赶快把木升子装些米放在他爹脚下,再拿个碗来反扣在升子上,把王老八的脚抬在碗上。在场的孝男孝女见状,不用吩咐,一个两个就赶忙把袖口伸到王老八嘴边去接气,传说只有这样才能让王老八知道有了传宗接代,才能放心而去。

此时,一些人便去烧水来给王老八擦洗,一些人去门外放落气的炮仗,一些人在王老八的脚下烧起纸来,好像他去阴间要用更多钱似的。

见温热的水端来了,专门为过世的老人擦洗身子的陈伍便用王老八生前用过的脸帕给他擦洗身子，寨上的王七便用带来的剃刀在王老八头上剃了几根绒绒细细的白发，随后给他戴上蓝丝绒帽。

在岩上，老人过世，儿女不能为父母擦洗，夫妻也不能为对方擦洗，说这样会让死者不安。

抹了汗、剃了头，人们便七手八脚地给王老八从内到外换上了绸子做的内衣、棉衣和长衫。接着给他穿上青色长筒线袜、白底青布鞋，最后给他系上腰带。

见这边收拾好装束，其他帮忙的人迅速把王老八家大门板拆下，安放在堂屋右角两张分开横搁的板凳上，然后把王老八移过去放在门板上。在他的头下垫着些纸钱当作枕头，再在脸上盖上几张黄纸钱。

杨老爹扭头看了一眼，便用手拐了一下身边的王小蛋："去找个碗来，倒上些菜油，扯点白纸或白布条做灯芯，裹着菜油点着，放在木板下。"

传说这是长明灯，是给死者去阴间照亮点的。这个灯不能熄，熄了，亡人就找不到去阴间的路了，不能及时投胎转世。

当做完这些事情的时候，女人们才跪在王老八尸体前痛哭起来。

见一切收拾完毕，杨老爹来不及落座，就迫不及待地喊王大八把他家近三代人的生辰八字写来，他说要推算一下日期，尽快出殡。

安排妥当后，杨老爹才迈出堂屋，坐在折大链（长纸）、打纸钱的人群中，"吧嗒、吧嗒"地抽着他的叶子烟，眼睛像望着烟杆上若隐若现的烟火，又像望着脚下的泥土，不知在想什么。

这些折大链（长纸）、打纸钱都是些小事，杨老爹不会插手。帮忙的人对杨老爹都很敬重，也不会让他插手，在他们看来杨老爹要做的事情比这些更重要。

可是，接下来，意外的事发生了，杨老爹却一样都插不上手，还被人撵了回去。这究竟是怎么回事呢？

三

岩上村坐落在鹿县西北部，是乌蒙山脉与苗岭山脉的衔接地带，山多沟深，出门就是山，每两山就夹有一壑，山山相连，壑壑相通。

于是，人们怀疑山下全是空的，那些隔在溶洞间的枝蔓和柱石像山的五脏六腑，溶洞像山的嘴巴在吸纳天地之气，又像是山的胃在吸收日月精华。

岩上村的西面是河，叫北盘江，与东边一路穿峡而来的乌江把岩上及其附近的村寨围在了一起。东边是出村的要道，要去县城，就得出流坝镇再步行五六十千米，到新场乡后才能坐上汽车。

岩上村以前不叫村，叫屯，几户人家聚集在尖尖的岩山上，都是从外面逃难来的外地人，大家都是抱着这里边远偏僻，不会被人发现不会被欺压的心态来到这里。后来，来的人越来越多，每个山上、山下都住着人，形成了寨子，人们就以先有人住的岩上为村名，所以就喊岩上村了。

最先来的人家，主人叫陈钦。陈钦带着妻儿来到岩上的时候，这里荒无人烟，目及之处都是大山和森林。看着这个边远偏僻的地方，他认为找到了安身立命之地。

他们选择建房的地方背靠悬崖，悬崖背后的下面是滔滔河水，作为河岸的悬崖有溶洞，可以直接通到东西河岸，如出现什么险情或遇土匪打劫，可以到溶洞里避难。

他们到后，白手起家，什么东西都要准备，能自做的就自做，实在不能自做又必须要用的，就翻山越岭去镇上集市购买。

临时搭建草房，在背靠悬崖的一个地方，那时山上树多，草又茂密，只要动动手，三两天就能搭建一间木屋草房。

解决了住的房舍，吃的问题就不用愁了，山上野物多得是。

陈钦平时带着两个儿子在周围的林中捕猎，每天都有不少收获。有野鸡、野兔，有时能捕上獐子、野山羊，还能捕到獾。獾虽不能吃，但可以用来熬油，用它敷在到处是裂口、到处冒血丝的手脚上，好得很快。

对吃不完的野物，他们把品质上好的挂在柴火上炕，熏成腊肉贮藏；把一些边角拿到小镇上卖，换钱来用。

岩上虽然岩多，但相邻之间也有一些空地，看去虽窄小，但种些苞谷、洋芋、高粱、小米、豆类根本不是问题，还有一些稍为宽敞的地方，可以开垦为田。他们在打猎之余也在岩旮旯里填泥，把岩山装点成了小块小块的土地，如堆砌的金子。

陈钦来时就仔细看过山势，虽然崖顶没有水源，但他们住的房子后面的岩缝隙却有水渗出，汇成一股手腕粗的泉水，汩汩地从屋后流到屋前，淌去山下河谷。这股水不要说一家人用，蓄积起来，三四十家都用不完。

眼看儿女渐渐长大，家私也逐渐多了起来，陈钦又开始着手另建新房。

陈钦稍往老屋的侧边移了移，又带着儿子凿岩备石。石材采集好后，先把疙疙瘩瘩凹凸不平的场地砸平成篮球场大小，中间为乒乓球室大的堂屋，两边再砌成田字形的厢房。

砌好了地基，他们在地坎上挖个簸箕样大的火坑，在火坑临坎的一边下方抠了个方形的门洞作为灶门添柴通风。然后把一块块干柴放在炕的底下，在柴上放上一块块不规则的碎石，再在碎石上面敷上一层黄黄的稀泥，远远看去像地面上撑开的一把黄雨伞。

从灶门点上火后，持续不断地加柴烧个把星期，直至把上面的稀泥烧得开花迸出火焰，岩石熔化才停止。

等火冷却下来，再把烧得由青变白已熔化了的碎石一块块刨出来，用冷水一激，随即一股青烟溅起，再用锄头轻轻一拍，石头瞬间像开了花，变成了石灰。

他们用石灰掺上稀泥用于砌墙勾缝，再用纯白的石灰粉刷墙面，一间漂漂亮亮的石墙房就这样砌成了。

陈钦领着两个儿子建了间大房还不满足，他们还如法炮制地在大房的左右各修了间厢房，使自己的住房变成了"U"形结构，远远看去像个庄园。

陈钦和儿子的亲身实践，把自己锻造成了技艺娴熟的石匠，不断逃难于的人们便请他们帮忙造屋，他们也积极地给予帮助。

在那山河破碎的年月，陈钦经历过生死，在他看来，人只有平平安安生活才最重要。他常教育两个儿子，人无精神不立，人不仅要心正，还要身正，只有心正和身正，才能走上正道，自己的精神才能立得起来，才能有为了国家和民族利益不惜牺牲自己的精神……

四

岩上从开始的几户人家陆陆续续又来了几十户,他们都是从外地逃难而来,分散在山脚下的各个角落,当然也有在岩上和他们一起住的。

刚开始也是和陈钦家一样,搭个简易窝棚,等缓过劲来,再重新起房建屋。

随着来人逐渐增多,大家对山石旮旯地争抢开垦,人口多的、劳力大的,开得多点,劳力小、人口少的,挖得少点。

这还不算,有些人家还搞起了"圈地行动",这个山头是你的,那个山头是他的,家里人多劳力大的范围就争得大,地就争得多。

陈钦一家没有去圈地,对一些村民的圈地、围地行为,他看不惯,他本来不想多管闲事,可是他总看不惯那种土匪做派,像喉咙卡了鱼刺,忍了又忍,感觉还是忍不住。

有一天,在尖山嘴,一欧姓人家在霸占尖山嘴为己所用。周围的群众闻讯愤愤不平赶来,但看到欧姓人家凶狠的样子,他们只是在一旁指指点点、窃窃私语议论,没有一个人敢站出来阻止,谁都不愿结下仇怨。

这时候,陈钦站了出来,他没有路见不平一声吼的气势,而是叼着旱烟吧嗒地慢条斯理、不声不响地走了过去:"你要这山头,没有人阻拦,但要说出个理由。大家都是逃难来的,你总得给大家留点吃饭的地盘。"

欧家儿子穿着件破马褂,裤子可能是他爹穿过的,有点旧不说，还很肥大，一条布带把腰部的裤头拉挤在一起，像起伏的皱褶。他扛着把大刀站在岩石上，右手托着刀把，两腿叉开，头仰着，眼愣睁着，对眼前的人不屑一顾。

陈钦是个见过世面的人，他对欧家儿子的这一做派嗤之以鼻。他心里知道：要让这种人信服，唯一的方式就是要让他知道厉害，知难而退。否则给他怎么讲都没用。

只见陈钦把大儿子杨少明唤到身前，对他耳语几句，杨少明频频点头，两腿像长了轮子，一溜烟向家跑去。

欧家儿子扛着刀，不说话，趾高气扬的左看右看。他爹带着人自己干自己的，不时用手指这指那，那手像支画笔，指挥几个身强力壮的小伙在竖立界牌，只见一块块写着"欧家地界"的长方形木板插得到处都是，像坟冢。别人是用锄头开挖，挖一天才得一个角落，他家却是用铁丝拴围，一天要围一个山头。

人们为何看重尖山嘴？还是因为尖山嘴有地理优势。

尖山嘴背面是河流，万丈悬崖无人能上，前方是豁口，一夫就能当关。尖山嘴全是森林，已成材。而且山脚下那块篮球场大小的平地，稍作耕犁，就可以种些稻黍作物，最主要的不在这，而是欧家想用它来种罂粟。

尖山嘴开始不被人所知，欧家这一兴师动众，知道这个地方是块宝地的人就多了起来，特别是听说他家要在这种罂粟后，人们更是愤愤然，不平的烈火熊熊燃烧。

陈钦没有去找欧家人证实，但从他们家在半山腰修起的窝棚来看，说明人们传言有一定的可信度。陈钦心想，绝不能让欧家种罂粟的想法变成现实，大烟害人得很。如果真种上罂粟，到那时烟味散到哪就害到哪，这片宁静的地方，将会不得安宁。

人们才一愣神工夫，陈家老大杨少明肩扛大刀来了。刀是插在刀鞘里的，刀鞘像黄牛皮做的，刀把上垂下一条陈旧得变了色像上了油的红布条。

看到儿子扛来了大刀,陈钦没有说话,他把身上的褂子一脱,连同烟杆丢在了一旁的岩石上,顺手从老大手中接过大刀。只见他右手握着刀把,那块红布条向着主人亲昵地舞动着,陈钦左手拇指和四指分开捏住刀壳,轻轻向左拉去,刀看到了主人,呼呼之声传来,铿亮的刀光闪了出来。时值傍晚,晚霞印在刀片上,像干涸的血,那刀光像血箭射向周围的人,逼得人们连连后退。

陈钦右手端着刀向远方没人的地方平视,正好一只凑热闹的山鸡在林里张望,撞进了他的视野。说时迟那时快,只听"呼"的一声,陈钦手中的大刀已向山鸡掷去,刀把上的红布条也跟着起舞,像一条鱼咬住了诱饵。刀尖所到之处无物能挡,直刺过山鸡脖颈,山鸡像打秋千一样向前扑去,杨少明跑去捡来一看,山鸡的脑壳滚落在地,无头鸡还在前方不远处蹬脚乱跳,颈部汩汩冒着的鲜血洒了一地。此时,那把大刀正斜插在一旁的大树上,杨少明用两只手拔才拔了出来。

欧家儿子看到陈钦这一手,大脑"轰"的一下,看大刀不由自主地从肩上滑到手臂,仰起的头向前微倾。再一看,陈钦光着的背上,有条斜挂的刀疤,横占了大半个背部。

此情此景,倾着腰身在指挥栽桩的欧家主事像触到了蛇似的瞬间直了起来,手中圈地的铁丝无力地滑落到了地上。

五

　　陈钦本不想显山露水，更不想在众人面前显摆，但在这无人管辖的岩上，随着来人的增多，有鱼大鱼吃虾、虾大虾吃鱼的趋势，也就是强人欺弱人，让弱人失去生活下去的希望。

　　说起陈钦，也算是个人物，祖宗姓杨，听说他是杨家将第二十八代传人，没有人去考证。传说他高祖辈，在万历年间起兵反叛朝廷，败亡后，逼得家族四处逃难，过着隐姓埋名的生活。

　　在那动荡不安的年月，陈钦从小也练过拳脚，年轻时候艺高人胆大，爱打抱不平，遇到不顺眼的，爱伸出援手。

　　那时义和团风起云涌，陈钦豪气冲天，满怀期望地跟着跑了一阵。不久后，清政府出尔反尔，又出兵追剿义和团，并下令全国通缉。侥幸逃脱的陈钦只好带着家人漫无目的四处奔逃，他们从大运河行走，几经周折后才到鹿县。

　　陈钦本不知道鹿县，他之所以会带着家人到鹿县来，是因为在旅途中结识了一个友人。那个友人的友人是鹿县人，经其介绍陈钦才决定来鹿县的。他们是在一次巧遇中相识而成的朋友。

　　那是在一艘船上，船是普通中型客船，在风浪中迎风破浪稳稳前行。

　　船行至清江地界，时值傍晚，远远看去，有条乌篷船尾随其后，船上架起的小帆像鱼的翅膀。小船在靠拢客船之际，只见一个五尺身材穿着黑衣戴着黑罩，脑后留辫的汉子，抡起一只飞爪，向客船飞来，牢牢地咬着大船船尾，然后用力一拽绳索，小船迅速向大船贴去。之后，那人一个助跑，像一只猴般跳到了大船上。

紧接着，卧伏在小船之上和扔飞爪一样打扮的三个人影，跟在前面上船者的身后，采取同样的方式，相继跳上了客船。四个人影离开小船之后，小船像舒了口长气，随后打了个旋，像一枚叶片漂在了客船的身后。

只见先上来的人哈着腰、猫着步，左手捏着刀鞘，右手握着刀把，眼睛不停地四下巡睃，保持着随时迸发的姿势。

其实，他们的举动早被客船上的人盯在了眼里，已有人分散在四周做好了迎战的准备。

只见先上来的黑衣人持刀向舱门逼近，刚至舱门几步开外的地方，就被闪出来的白衣人用刀无声迎了上去。黑衣人有强攻的势头，但估摸了下，感觉自己可能不是白衣人的对手，就缓了下来，好像在等援兵的到来。

这几个黑衣人上船的当儿，白衣人就猜着他们是向着主人而来。白衣人心想，他们是怎么知道主人行踪的呢？

现实不容多想，他心里盘算了下，三比四，凭他们三个的实力，应该没问题，可是至少要留一个在主人身边保护，这样一来就是一对二，只能速战速决了。

此时，三个相继上船的黑衣人也向白衣人逼来，白衣人步步后退，他想退至舱门，把门关牢，把黑衣人挡在舱外解决。

他们乘坐的这条船叫狮王号，能容纳三十几人，分客舱、卧舱，里面还有餐厅和卫生间，卧舱比客舱小得多，只摆得下一张床、一个长沙发、一张茶几、两条凳子。客舱算是主舱了，本来是比较宽敞的，但在离卧舱的地方被横隔出了一块吃饭喝茶的地方，其余的都摆放着长皮沙发，困了可以躺在上面小睡，这样一来，就显得有些局促了。

这艘船是白衣人出面包下的。

船上人不多，连船师在内也只十来个人，其中陈钦一家是在半途上的船。

他们此行是秘密的，按说此船是不会在中途让陌生人上船的。

可是，那天船临时停靠宁波码头加油，正要起船之际，码头上几丈开外却有四个人影向码头奔来，看模样，应该是一家四口，夫妇俩和两个十来岁的孩子。

只见女人护着两个孩子连滚带爬地往码头上跑，身后的男人死死地和三个围追者周旋。围追者戴着披散红穗子的凉帽，看样子是衙门里的官兵。

女人和孩子跑到码头，已大汗淋漓，气喘吁吁，看到正要起船的客船，女人拉着两个孩子跪在了船边，恳求船家带带他们。

站在甲板上的人无人能做主，都你看我我看你。船的声音"突突突突"地大了起来，那是准备驶离码头的信号。

这时，一个穿长袍很斯文的人走出船舱，来到甲板前沿，看着跪在码头上的女人和孩子，对身边的人说："让他们上船吧。"听了长袍先生的话，女人忙不迭向着甲板磕头感谢。

见先生发话，船上的人忙跳下甲板把女人和孩子搀扶上船。女人上了船长长地松了口气，但回头看到男人还在拼死抵抗，才舒缓的神色又布满了焦虑。

不远处的男人看到女人和孩子安全上了船，心里宽慰了不少。此时的他也无心恋战，只见他一个闪身，跳下了路坎，几个跳跃就把围追的人甩在了后面。在船离码头一米多距离时，只见他借助码头台阶奋力一蹬，然后纵身一跃，像只飞鸟飞上了甲板。追的人望着远去的大船，悻悻地转身离去。

上船人是先上船的女人的丈夫和两个孩子的父亲，叫陈钦。

义和团失败后，陈钦携着家人悄悄从北方坐船南下远行躲避。哪知船行到宁波，其中一个孩子突然生病，高烧、吐泻不止，吓坏了夫妇二人，他们不得不紧急在宁波下船求医。

孩子的病来得快，去得也快。在西医诊所输了两天液，红嘟嘟的小脸再次显露了出来。孩子的病一好，就嚷着要上街玩耍。也好，这宁波也难得来一趟，于是夫妇二人就带着孩子去逛了逛。

这一逛不打紧，却不知不觉被官府盯上，于是出现了被追杀的这一幕。

白衣人退至舱门，正好陈钦推门而出，看到眼前情景，立即明白恩人遇到了难处，他把白衣人让进舱内，只身挡住几个黑衣人的进逼。

几人要进，一人要守，自然是一场恶战。陈钦以一敌四，丝毫没有怯意。

紧接着，舱门又涌出两人，一身青衣，腰间扎着束带，脑后的头发像刚剪不久，披散着。前面的脑门光光的，像发着微光的月亮。有了两个青衣人的助战，只几个回合，就把四个黑衣人逼得连连后退，最终跳河逃走。

此时，陈钦方显出疲劳之势，弯着腰气喘起来，在两个青衣人的搀扶下走进了舱内。

此刻，长袍先生正站在卧舱门前，两眼盯着客舱的门，当看到三人安然无恙进来，他快步走上前去，紧紧握住陈钦的手。陈钦看着长袍先生炯炯有神的目光，似曾相识，但又想不起来在哪见过。

船至杭州，陈钦下船告别之际，一个戴眼镜的年轻人向他走来，递给他一张纸条，并告诉他："你不能跟我们走，先生表示遗憾但理解，说你可以入黔找这位朋友，也许他能帮你。"

那时云贵特别重视讲武堂，陈钦入黔找到要找的人后，那人想介绍他进讲武堂，陈钦不想，他觉得拖家带口的，他只想找个较为安全的地方。

受托之人是鹿县人，在他力主下，鹿县办起了自治学社，会员近百人。

那时黔地在世人眼里是个蛮荒之地，受托人主张陈钦去鹿县看看，如果实在不行，他再另想办法，并帮陈钦写了封给鹿县好友的信函。

陈钦听了建议，怀揣着信函踏上了去鹿县的旅程。

一入黔地，给陈钦的第一印象就是山高沟深林密。他们一路驿道，途经清镇、平坝、普利、安庄、坡贡，最后才到鹿县。

只见鹿县县城四周是绵延起伏的大山，中间是个万亩盆地，那些大山就像唐僧帽子帽檐，中间盆地就像帽心。

县城就在盆地中间靠后位置，有条平缓河流从东边而来，穿过盆地，沿着城墙而过。

目及之处，可以看到整洁密集房屋，远远看去明朗素净。走近一看，大多是徽派建筑，砖木结构，白墙青瓦。

在船上听说黔地穷，他们都做好了充分的思想准备，但没想到鹿县山清水秀，不是想象中的穷山恶水。

陈钦在后面边走边想，这个地方会是自己的家吗？

六

陈钦一家是在傍晚时分到的鹿县县城。

他们没有进城，而是在城外找了一家像样的客栈住下。

从城外看去，小城到处是红红的灯火，映照着小城的热闹。当天，他们一路劳累，没有过多去欣赏小城的美丽、品尝小城的美食，只在客栈门口简单吃了点东西填饱肚子，就草草地洗漱睡了。

陈钦是被窗外叽叽喳喳的雀鸟吵醒的，他轻手轻脚地打开窗户，只见客栈外枝叶繁茂的树上雀鸟飞来飞去。常言说早起的雀儿有虫吃，他穿好衣服，简单地洗漱一下，就走出客栈。

陈钦原以为自己起得早，但走到街上一看，比他起得早的人多的是。他站在客栈门口，感觉小城还裹着一身朦胧的轻纱，身临其中，像自己还在梦中。

周围忙碌的人家好像挑灯夜战似的，挂在门口的玻璃灯里，灯光歪来倒去，好像日夜没有休息的样子。

陈钦信步走到一户灯火通明的人家，对方问他想吃什么，说这里有鸡蛋糕、糯米粑、糯米饭，还有油棕粑、碗耳糕、油条豆浆、粉面稀饭等，想吃什么都有。

他问的这户人家正在做油炸粑、炭火粑，主人在回答他的问话时，没有停下手中活计。只见门口的煤火炉吐着红红的舌头，似乎要穿透黑黑的锅底，把炸得又脆又糯的粑粑吃掉。炭火盆内炭火灰白的身子忽明忽暗的，一副昏昏欲睡的样子，其上的铁架上，被烧烤得鼓胀的粑粑咧着嘴，把肚内的肉馅、苏麻馅吐出来又吞进去。

陈钦要了一个苏麻馅的粑粑，鼓鼓胀胀的粑粑带着热气，像个无明的炭火似的在他手里倒腾来倒腾去，最后他含在嘴里，裂着唇，用门牙咬着，口水顺着门牙两边往外淌。他忍不住咬了一口，苏麻迅即流了出来，热气、香味灌入嘴内，让他快活得张着嘴咻咻直叫。

陈钦吃了一个，感觉味道不错，又买了十来个，他觉得每人吃两三个应该不是问题。

  买完早点回到客栈，陈钦再次出门时，东方才出现一片暗红，像早起的人们捅开炉子发出的火焰。客栈周围的住户虽不住城里，但门面已经陆续打开，推小木车的、挑货的、邀马车的已忙碌起来，木车、马车轱辘声咯吱咯吱响，像天亮的晨钟，催促着人们快起。

  陈钦沿着城边漫无目的地边走边看，随着小城后面冒出红红的火球，像给小城披上一层金光，使小城的轮廓格外分明起来。小城西北面高，中间凹，南面、西南面低，城墙均为细凿錾面条石，用石灰粘砌而成，比较牢固。东西面各有河流绕过，四周山脚下全是田坝，成熟的稻谷在田野里露出丰收的笑脸。

  陈钦想从一个叫"近日"的城门进城去走一遭，但到城门边又犹豫了，便折身返回。他想先找到船上介绍的那人再说，再者妻儿还在客栈，得商量一下怎么住下来的大事。

  陈钦回到客栈，吩咐妻子带孩子先进城逛逛，他去面见介绍的人。

  找介绍的人不难，听说他在鹿县岱宗峰下书院做事，只需去书院一问便知。

  陈钦沿着城墙边走边问，在山脚的一处开阔地上，看到一个巨木搭建盖着黑色的泥瓦门楼，门的前面立着黄色、棕色、黑色门柱，上面像灌着一层铜油似的光亮。门的上方悬挂着一个书桌面长宽牌匾，上书"鹿山书院"四个魏碑大字。牌匾的下方有一副章草体对联：

    夜郎俊彦多从书院出
    古镇英雄几在战场生

踏着石阶，从鹿山书院牌匾下方大门迈入，又看到一副章草体对联从房桁上垂来：

书院落成一道龙门招锦鲤
宏图展现满园桃李谢师恩

字体横画之末，依然上挑，纯留隶法。它虽字字独立，但每字笔画之间，却加进了飞丝萦带，圆转如圜，观之大气磅礴，震撼来人。

再跨过门槛，书院内别有洞天。里面像个大四合院，陈钦悄然数了数，仅仅一楼就有讲堂三间、藏书室三个。

趁一间讲堂休息空隙，陈钦迈步走向一穿长袍、留着长辫、戴着眼镜、佝偻着背的先生，恭敬地向他打听要找之人的名字。

老先生把眼镜拉离双眼，架在鼻梁上，眼球上跃，眉头上挑，仔细打量陈钦半天，感觉不认识，又把眼镜拉回原位，没有搭理。

陈钦见状，忙拿出一手书纸条，老先生又重新拉长镜腿瞅了瞅，又掬下眼镜把眼睛抬上去，再抬头仔细端详陈钦，像审视一件珍视宝物，只见他捏着一支眼镜腿往楼上一指："在第二间房。"

陈钦心领神会地从讲堂左边的木阶梯往二楼爬去。

尽管陈钦举步轻盈，脚步轻抬轻放，但还是发出"咚、咚、咚"的声响，像雷声，又似鼓点，从低往高传去。

二楼的房间无数，他不知道是左面的第二间还是右面的第二间，只好在过道上停步观察、静听，最后决定向着有光亮发出的那个虚掩的木门走去。

在过道上听有细微的说话声，当他轻轻走过去，声音又无。

他停下脚步,细微的声音又传了出来。他只好把右手食指弯成指锤,缓缓地敲了敲,只敲三下,像鸡啄木板的声音,声音虽小,但却止住了室内的说话声。

陈钦再次轻轻敲了敲,里面似乎有脚步声向门边走来,随后虚掩的门"吱呀"一声拉大了缝隙,一个身材高大的男人探出头来打量陈钦:"请问你找谁?"

陈钦说出要找的人的名字,对方往屋内瞅了瞅,放开扒着门沿的手,反身向里面走去。陈钦从门缝望去,只见开门人向着坐在桌后面的男人低语,男人愣怔着看了门边一眼,便起身走出门来。

"我是刘显臣,请问找我什么事?"

陈钦看着刘显臣,赶紧掏出信条递过去。刘显臣展开信条,僵硬的脸瞬间有了笑意,忙伸出手和陈钦握了握,然后走在前面引着陈钦走向另一个房间。

陈钦被这股突如其来的热情弄得不好意思,进屋才一落座,话语就直奔主题:"想在这里常住,看看可否帮忙谋个差事?"

刘显臣大致问了陈钦一些情况,说鹿山书院以讲学为主,但书院也兼顾武学,三间讲堂,一间讲国学文化,一间讲时事(也就是自治学会),另一间讲武学,由于没有武学施教人才,现场教学不是很好,所以参与者不多。

刘显臣了解到陈钦有些拳脚功夫后,心中大喜,便把聘请他做鹿山书院武学讲师的想法说了出来。

陈钦没有答应刘显臣,也没有拒绝刘显臣,只说回去和妻子商量一下再说。

七

陈钦打小就病恹恹的,他的祖籍不在东北,东北只是他的第二故乡,据说他的祖籍在陕西。他问父亲,父亲不肯定,也不否定。因为他的父亲也不知道他们祖籍在何处。

他知道父亲是练家子,但父亲不让他习武,有几次他嚷着要跟父亲练武,都被父亲横着的眉头怒着的眼止住了。

父亲送他进私塾、进书院,通过学习和先生的讲解,他渐渐懂得了不少道理。他觉得当下之中国军事和外交的弱,是由于经济实力弱,而经济实力的弱,又是由于政治制度的不健全,而政治制度又是由文化决定的,他发愤要好好学习文化。

他习武的机缘,是缘于自身身体。

一次他病了,病得不轻,父母心急如焚背他去找大夫,经过抢救才捡回了条命。临回家之际,大夫对他父母说:"这孩子身体太弱了,好了后,让他多锻炼锻炼身体。"

此后,父亲才松口让他练武。但只能强身,不能伤人,更不能争强好胜。

陈钦身体虽弱,但有着练武的天赋。他白天学,晚上练,睡下了也要默想学过的一招一式。

陈钦因为酷爱武术,才几年工夫,对拳法、刀法、棍法,样样精通。特别是刀法,站在十米开外,大刀一掷,指哪中哪。

开始陈钦有父母做依靠,感觉父母就是靠山,没有死亡威胁,他娶妻生子,衣食无忧。但在年迈的父母相继去世后,陈钦突然感觉到孤独无助,各种威胁就在身边。

在那个多事之秋，处处烧杀抢掠，一不小心就会失去生命，连洋人都敢在中国的土地上胡作非为，想过上安宁的生活，非常之不易。

看到祖国山河一片混乱，国无宁日，家无安身，陈钦时时为家人安危担忧。

时值义和团运动风起云涌，陈钦满以为有了个正义的组织为民伸张正义，保家卫国，就踊跃参与，殊不知，却把陈钦一家逼上了逃亡之路。

八

陈钦从鹿山书院回到客栈——鹿安客栈。

妻子王梦瑶正在门口张望着等他，对眼前的热闹置若罔闻。两个孩子还在房间里，吃了陈钦买的粑粑后，一直没有想出门的迹象，所以他们根本没有出去逛。

看到妻子一早忧心忡忡的样子，陈钦问："怎么了？"

妻子答道："没怎么，担心你的安全。"

妻子的关心和体贴，让陈钦感到莫大的幸福和温暖。

妻子文化高，在当地中学读过书，是有名的才女，在一些杂志上发表过文章。

陈钦和妻子的认识是一种缘分。

那时王梦瑶一身淑女装束，一米七几的个子笔直挺拔，亮丽齐耳的头发披散脑后，圆圆的脸庞上镶嵌着双明亮的大眼睛，清澈透明得能照见人影，鼻翼端正，嘴唇圆润而丰满。

王梦瑶经历着漂亮女人被跟踪、骚扰的过程。

那时，一些外国人在中国打着办教堂传教的旗号无恶不作。

王梦瑶曾被几个传教士从路上劫持，准备强制带去"传教"，要不是陈钦半路相遇解救，王梦瑶其后的遭遇将不堪设想。

那天，王梦瑶被邀请参加一个好友的生日，很晚了，她谢绝了好友的挽留住宿。

她有个不在外留宿的习惯，只有在自己的床上才睡得香、睡得踏实，所以无论多晚她都要回家。

好友送她出了门，她又拒绝了好友的相送，只身一人匆匆往家赶。

夜色很浓，浓得像块抹布。王梦瑶的脚步如小巷里的修鞋声。街边房屋的灯光颤颤的，像虚弱的病人。煤烟味从道路两边涌来，让王梦瑶脑涨胸闷，不得不加快胆怯的脚步。

这时，一栋门楼亮光一闪，几个高高大大的人影晃了出来，头上的帽子和身上的衣服，一看就是外国人。

前边不远处，同样装束的几个高个子横站着，喉咙里不停地喷着酒气，王梦瑶屏着气不停地往前走。

她发现自己前行的路好像被堵死了。

她不由自主往身后一看，一个高高大大的黑影向她逼了过来。

完了。

她心脏狂跳不止。

她的脚步慢了，好像脚背吊着千斤重锤。

她的脚步慢了，可是前边像墙一样的影子没有慢，在向她移来。她侧身看了看身后，那个身影像风一样卷了过来，只轻轻一带就把她刮了过去，她感觉自己快要窒息。

前面三个人影还未反应过来，王梦瑶就被黑影裹挟着穿"墙"而去。后面混乱得不规则的脚步声向他们奔来，但只几个拐弯，那三个人影便失去了目标，只得站在分岔口四处张望，最终像泄了气的皮球歪歪扭扭地向中间路径走去。

他们躲在中间路径的一个暗角处，王梦瑶被黑影紧紧拥着贴在墙上，黑影右手捂着她的嘴巴，让她大气都不敢出。

听到那几个外国人的脚步声渐渐消失，黑影才松开了捂着王梦瑶嘴巴的手、黑夜蒙着黑影的脸，让王梦瑶看不清黑影的模样。

黑影低声说："他们是半山腰教堂的外国人，白天当神父，晚上当淫贼，你们这些女孩最好晚上别出门，也别一个人在街上走。"

王梦瑶被黑影一路护送着，好几次借着暗夜里漏出的灯光才稍微看清黑影的大致轮廓：宽宽的脸庞、浓密的眉、高挺的鼻，冷峻的目光透着男人的自信与果断。

看着看着，王梦瑶感觉脸色发烫，好想被黑影一直这样护送下去。

黑影把王梦瑶送到家门口，拒绝了王梦瑶的邀请进家喝茶，匆匆告辞而去。临别时，王梦瑶伸出手与黑影握了握，轻声问："我们还能再见吗？"

黑影很爽快地道："我是东巷的陈钦，在牛家船厂做工。欢迎来家里玩。"

其实，陈钦裹挟王梦瑶也是情非得已，这里已经有好几起少女失踪的事件发生，报案当局，都是不了了之。

他不敢想象，那晚如果不是他加班回家晚，碰巧遇到，王梦瑶肯定又是一个失踪者。

平时他是腼腆得连女生正面也不敢看的人，那晚他能变得那么勇猛主要是情势紧急。虽然连裹带挟王梦瑶，但天太黑了，根本看不清王梦瑶的面容，只感觉女人的香气向他阵阵袭来。

王梦瑶和他再次相遇已经是一个星期以后的事了，他都快把那晚救人的事忘了。

当王梦瑶站在他面前时，让他瞬间脸红到了脖子根，他没想到王梦瑶那么美：一双明亮的眸子，明净清澈。不知她想到了什么，对着陈钦莞尔一笑，眼睛须臾弯得像月牙一样，仿佛灵韵从眼睛里溢了出来。

从此后，陈钦看到王梦瑶的一颦一笑，都感觉她有一种清雅灵秀之美，非常迷人。王梦瑶呢，自从那次被这个英俊的男人相救后，就已暗生情愫。

他们恋爱了，两年后他俩结了婚。

让王梦瑶意想不到的是，和陈钦的相识，会让她踏上背井离乡的四处漂泊之旅。

九

陈钦看到妻子愁眉不展，就决定带她散散心。

他们在鹿县小城里从东到西、从南到北，漫无目的地走着。

走了一上午，他们才大致了解小城主要街道的概况，小城有东街、西街、后街、平街、书院街，有驿马街、石灰街、南门街、前营、后营，有杀猪巷、刘家巷、竹子市……

陈钦边走边观察，小城里的大部分民居为四合院，临街面为重檐木结构封火山墙建筑，栋与栋之间相隔着风火墙，以免失火殃及邻居。

他们从小城里走出,又沿着河岸慢步而行。河从东向西流,水流平缓,时不时会听到河水与河岸的甜言蜜语。站在河岸,鹿县周围的景致尽收眼底。

他们边走边观察边打探,才慢慢感知鹿县的大致皮相。鹿县是黔中到滇的必经之路。去滇的文武百官必经鹿县,京城大员去滇赴任,都要在鹿县歇脚休整;从盐商镇方向去滇的商贾,也要在鹿县换马,采购当地枸酱等地方特产带回。

看到妻子情绪好了些,陈钦就把去见刘显臣时的情况说了出来。

陈钦说:"鹿山书院很不错,和东北书院不相上下,主要是里面开设的讲堂与我们息息相关,你文化底子好,在书院上国学应该没有问题,我在里面做武学讲师应该不在话下,两个儿子可跟随在书院念书。"

妻子没有直接回答,只说一切听他安排。

见妻子对自己做武学讲师的事没有反对,陈钦心里有了点底,决定答应刘显臣做武学讲师,与妻子一起在鹿山书院上课,这样相互间也有个照应。

见工作有了着落,紧接着就是住房的问题。他们不想一辈子租房住,想有个属于自己的真真实实的家。显然暂且不太现实,但那是目标和梦想,当下只能先租房子住再作长远打算。

鹿县空气清新,风景秀丽,很适合人生活,但是可能是水土不服的缘故,两个儿子经常生病,不是感冒发烧就是拉肚子,有时在医馆治好了回家过几天又病了。

在刘显臣的带领下,他们去找了位先生,先生面目清癯、身子精瘦,头戴丝绒圆球帽,像顶了个泄了气的皮球,脑后一条齐腰的辫子。

先生见刘显臣来了,很客气地让座,并让家人上茶。

刘显臣说明来意,先生二话不说,便磨墨铺纸,随即问了两个孩子的生更年月,只见他微闭双眼,右手拇指在其余四个指头之间忽上忽下跳跃,嘴巴跟着轻声念道:甲、乙、丙、丁、戊、己、庚、辛、壬、癸,接着又念子、丑、寅、卯、辰、巳、午、未、申、酉、戌、亥,随后又念甲子、乙丑、丙寅、丁卯、戊辰、己巳、庚午、辛未、壬申、癸酉、甲戌、乙亥、丙子、丁丑、戊寅、己卯……如此反复,再用毛笔记在纸上。推演完孩子的,再推演陈钦夫妇的,最后推演陈钦父母的。

推算完后,先生沉默不语。在刘显臣的再三追问下,先生才说:"从推理的八字来看,两个孩子要改回祖姓,也就是三代还宗,改后大吉。但孩子五十岁有一难,能过此难,百岁宜。"

其实,能过此难,是他对陈钦的宽心说法,在他心里此难无解,也就是说两个儿子只能活到五十岁。

在那多灾多难的年月,能活到五十岁已算奢侈的了,要活上百岁是祖宗大德了。为此,陈钦对老先生的吉言非常满足,多付了十个大钱,并让老先生给两个儿子取名。

老先生也不相让,问了问他家这一代字辈,想了想又写在纸上:"大的叫杨少明,小的叫杨少清。"

还别说,把名字改了,再喝了几服汤药后,两个儿子从此像换了个身体,很少生病。

刘显臣是书院里时政讲演的负责人,也是鹿县自治学会的负责人,他再三动员陈钦加入自治学会。陈钦思考再三,感觉一个小县城有百把人的这么一个组织,实属难得,再说又不忍心拂了刘显臣的好意,就勉强答应。

殊不知,他这一勉强不打紧,却为又一次的逃亡埋下了隐患。

十

陈钦一家生活算安定下来了，与周围人的关系已相处得非常融洽，也就是说和邻居混得相当熟悉了。妻子除在书院上课外，闲暇之余，还和邻居学做起鹿县的出名小吃，同时她也把老家的馒头手艺传授给邻居，没课时她还在门口摆起小摊卖起粑粑和馒头来。她虽不是地道的鹿县人，但由于谦虚好学又勤快，做的粑粑毫不逊色正宗的鹿县味，她和邻居的粑粑、馒头很受欢迎。

看着生意这么好，她便拉陈钦入伙。陈钦经不住妻子的软缠硬磨，在晚上的时候，也和她学做起粑粑来。

她先从磨面教起。她像邻居教她时一样教陈钦。

在鹿县的日子里，没有风波、没有惊险。两年后，陈钦盘算着准备建房。

然而风云突变，让他始料不及，也让一家人又一次走上了颠沛流离的生活。

消息是刘显臣传来的，大致是省城已对自治学社骨干成员展开追捕，目前已蔓延到县，他也要转移到其他地方，劝陈钦赶快转移。

刘显臣还要通知其他成员，说完后就匆匆走了。

陈钦呆若木鸡，半晌无语。

妻子看他脸色蜡黄，忙扶着他坐到床上。陈钦对妻子摆了摆手，起身踱出门外，看着天上自由自在飘浮的云彩，他想：自己若是像云彩一样自由该多好啊。

为了孩子、为了妻子、为了活命，他感到事态紧急，立即吩咐妻子收拾行囊，他去联系马帮或挑夫。于是，一家人又开始了逃亡之路。

十一

在鹿县生活这几年，他听说北边有个叫盐商镇的地方是个集镇，与安水盐道（安顺府至水城厅盐道）相交，他想先去那儿看一下情况后再做决定。

他们走的是通往盐商镇的驿道。驿道两旁花草芬芳，蜜蜂在花间飞飞停停，好像随处是家。陈钦羡慕蜜蜂，只身采花，自己酿蜜，自由生活。他出神地想：天地之大，何处才是我的家呢？

驿道像条游走的蛇，弯弯曲曲的，由一块块不规则的青石铺成，人马走在蛇背上，任凭蛇驮走。马蹄的"得得"之声惊得采花的蜜蜂时不时飞起又落下，落下又飞起。

他们饿了吃随身带的粑粑，渴了喝路边的山泉，下午时分终于到了盐商镇。

盐商镇在一个大山的槽子里，像条出海的船，桅杆是人称象鼻山的地方。

他们是从镇子的东西方向进入的，小街虽不及鹿县县城大，但很精致，街道两旁商铺林立。

他们从上往下走，一家家饭馆、马店、茶楼热闹非凡；黑马、黄马、花马在马圈里不停地甩着尾巴拍打蚊子；马店、茶楼的人来来往往，他们有的是刚放下行李准备外出到街面上吃东西，有的是刚吃完东西准备回旅馆休息。

他们越过谢家茶楼，跨过龚氏宅院，再到唐家马店，马帮跟在身后，在等他们确定落脚点后，好卸下东西返回。

他们转了一圈，最后选择了唐家马店。马帮从马背上把行李抬下，帮他们送到二楼房间。陈钦每人多付了一点小费，权当请马帮喝茶吃饭，马帮很高兴地走了。

一路的驿道，把脚都走痛了，特别是妻子儿子，从来没走过这么远的山道，疲乏大于饥饿。陈钦和妻子想继续吃一点带的粑粑充饥，但两个儿子闻着窗外飘来的臭豆腐味，嚷着要吃，他们只好上街去看看。

出得店来，马店周围的摊点比他们刚到时看到的更为热闹。烙锅上的滋滋声、诱人的臭豆腐味、喧哗的猜拳声齐齐涌向小街中央。

两个儿子实在等不及了，看到一个空处落下屁股就座，匆忙地点起菜来。

看到孩子找到了地方，想到一时还烙不好，陈钦和妻子叮嘱两个儿子不要乱跑后，继续往前走走看看。

晚上的小街就是吃、喝、玩，在盐商的街上，他们看到的更多是面店；从一些门店漏出的灯光里，他们看到了挂在门内的一串串面条，金黄金黄的，闪着耀眼的光。

东北也有面条，这里的面条和老家的面条在做法上有什么区别呢？

再往前走，一个铺面开着门，几盏玻璃大灯挂在屋内墙壁上，这家人在连夜做面。

店家见陌生人往屋内张望，还认为是买面条的。"今天做的卖完了，明天再来。"店家边揉面边说，两只手不停地搓着金黄的面粉粒。

王梦瑶好奇地问："面粉原是白的，怎么变黄了呢？"

"那是碱水,碱水遇到面粉,面粉会变成黄色,我们这里的面条都是碱水面。"

店家好像和好了面粒,只见他用小筲箕把面粒撮进压面机内,一只手搅动压面机轮子,一只手不停地扒面机槽子里的粉粒。

一粒粒面粉粒经过滚筒碾压,变成一片长长的面皮,面皮重叠地堆放在地上的簸箕里,像一座拔地而起的金山。

如此反复地压两至三道,见面皮挤压得均匀了,就把面剪安放在滚筒的下方,上面下来的面皮经过面剪,就被剪成了一条条金黄的面条。

从面剪出来的面条被店家用小竹棍挑到一米多长的竹竿上挂着,一竿竿面条被挂在门店一角的横桁上,等待晾干。

这比老家的做法复杂得多,就是不知这味道和老家的相比怎么样。

看完了这家做的面条,他们又往前走,感觉有一股不易察觉的香味从身边悠悠飘过,左右搜寻,原来是不远处有一家肉饼店。

熊熊的炉火闪着耀眼的光,像太阳要落下山去的样子,把店面的四周照得通红。

店门前的火炉像个竖着的石碌筒,只是外皮是铁的,碌筒的内芯是铁皮围成的圆圆火心,有炮筒大小,里面烧着煤。碌筒的内层是用胶泥捏成的口小肚大的弧形壁。碌筒下边面对街的方向有个风口,是通风、捅灰的地方。

再往店里看,两个老人正在案板上揉面,他们揉的是麦面。其中一个老人头发花白,慈眉善目,见他俩观看,就热心地给他俩介绍起做肉饼的方法来。

老人一边示范一边说:"先用麦粉和好面,再揉团,揪剂子，用掌心把面团迅速按成饼状，在面团中间放入肉沫、香油、盐、茴香、韭菜沫等佐料，捏拢后就可以了。"

老人说完，抬起头看着他俩笑笑："其实做法挺简单，只是麻烦点而已。"

说罢，就把做好的面团驮在手背上，伸进燃着的炉火里，飞快地一贴，只听"啪"的一声，饼子就稳稳地贴到了炉壁上；接着老人又把炉壁上烤好的肉饼，用小铁铲一个个铲下来，放在案桌上等着卖。

陈钦走近仔细一看，一个个烧饼表面黄中透红，像一个个圆圆的小太阳。他买了一个，用手揭开，外酥里嫩，香气扑鼻。

他们转了一圈回来，两个儿子已经开吃多时。可能是饿花了眼，洋芋、臭豆腐、猪肉、牛肉每样点了两大盘，吃得两个儿子眉心冒汗、呼哧呼哧的。

陈钦和妻子坐下，妻子又点了一碗面条，她想试试与她吃过的面条有何不同。

不一会儿，面条来了，汤色和面条一样金黄，面条卧伏在汤中，汤把面条紧紧包住，只留下一小部分伸出头来勾引食客。

王梦瑶在桌上自加一点辣椒面，放点鹿县酱和盐商醋，轻轻搅匀，抬起碗沿，轻抿一口，味道像在舌尖上刮起一阵旋风。再喝一口，从舌尖到喉咙再到心尖，感觉是一种熨帖。捞面入口，劲道十足，面条到哪香到哪。

的确，这里的面条和家乡的面条是两种味道，她从来没有吃过这么好吃的面，接着又要了一碗。

陈钦看妻子吃相，也忍不住，跟着要了一碗，他狼吞虎咽地扒着面，吃得两眼放光、快意淋漓。

吃饱了肚子，他们才感觉困意袭来，就不再逗留，径直回马店休息。

可是，在上二楼过道旁的一个房间，虚掩的门传出里面窃窃的低语，陈钦这一听不打紧，飘进耳膜的话让他六魂出窍："厅里前两天接到电报，要迅速清查自治学社人员，先斩后奏，格杀勿论，听说盐商镇这边也有人参与，厅里已经派人在来的路上了……"

真是刚出狼窝，又入虎穴。陈钦一回到住处，两眼空洞无神：天下之大，要往哪去呢？

他不敢把听到的话给妻子说，他怕妻子慌乱，扰乱自己心智。这一晚，他没有困意，也无倦意。他在想，接下来又要往哪逃呢？

十二

第二天一早，陈钦独自出门，他吩咐妻子看好两个孩子，让他们在室内待着。

时令已是深秋，稀薄的雾霭给小镇披上了一层细柔的轻纱。

陈钦心事重重地直接向马帮店走去，昨晚去的那家肉饼店已开了门，热心的老人见他向小店走来，主动问候："起得早啊！"

"您老也早啊！"

老人面目慈善，拴着条白色的围腰忙碌着，刚出灶的肉饼正冒着热气，陈钦买了数十个肉饼，有意无意地和老人攀谈起来，他问了东边方向，又问了西边方向。老人见他买了这么多肉饼，就知道他要赶远路，就主动给他介绍："在盐商镇的西北方向不远处是梭戛乡,左边西方是新场乡、流坝镇,北方是新华镇、龙场乡,南方是鹿县,东方是落别乡,要去黔往东方,要去鹿往南走,要去流坝镇往西行,要去新华镇往北方。"

老人接着说:"新华镇挨着金县,也是中心之地,落别乡也是最为热闹的地方,那里的樱桃很好吃,以颗大、味甜、水分足而著称,因其表皮鲜红、汁多味甜、肉厚核小久负盛名,此外,那里的狗肉更是一绝,狗爪爪蘸辣椒面的吃法前所未有;只有流坝镇最为边远,但那里的辣椒出名得很,果形较大,色泽鲜艳,体大肉厚,营养丰富,入口后辣味适中,而且香味可口。那里有个叫岩上的地方更为偏僻,但是个山清水秀的地方。我去那儿采过一次草药。那儿和纳县只隔条河,像个孤岛,山高林深,猎物多得很,还有虎狼出行;梭戛乡的山石旮旯上有一支少数民族,外人不敢靠近。"

陈钦定了定神,心想:这年头,越边远的地方越安全。于是决定带着妻儿往岩上去。

主意打定,他迅速赶往马店,在一楼找了马帮,讲好价钱,就带着他们往住处来。他让马帮在一楼等候,匆匆上楼收拾行囊。

妻子一早见陈钦满腹心事,猜想他一定遇到了难题,否则凭他的功夫是不会把遇到的不快写在脸上。所以,丈夫一走,她就睡不着了,只有两个儿子呼呼大睡。

妻子听到陈钦急急的脚步声,忙起身开门迎了出来。陈钦一进门就喊她赶快收拾东西准备动身走,两个儿子被他喊醒拉起,让他们赶快穿好衣服就出发。

一家人收拾完行装,陈钦站在窗边往下招手,马帮就上楼来抬东西了。

马帮的马都有马鞍,横跨在马背中间,有两个可以抬上抬下的箩筐在两边的马鞍之上,专门为客人装些小件的或者贵重的物品;大件的东西用绳索捆结实后放在箩筐之上,再用绳子固定在马鞍之上。

这些马帮走南闯北,要去哪路径都很熟悉,只要给他们说了方向或地名,跟着走就是。他们赶马时是马帮,马去不了的地方,把扁担一横在箩筐之间,就成了挑夫。

陈钦给他们说了去岩上的方向,马帮面露难色:"那地方不好走,又有河,要过河很困难。"

其实在河边也有个歇脚的驿站,只要把马拴在驿站,他们是可以当挑夫的,只是想多要点钱而已。

陈钦不知道此行岩上究竟有多远,就按着马帮的要价给了一半的钱,说另一半到点了再付。

马帮见多得了钱,愉快地出发了。

他们从盐商镇东出口上路,看到守卡点兵士,陈钦的心提到嗓子眼,他也暗中做好应对准备。可能是守卡的人还未接到任何通知,只简单问询和例行公事的盘查,就放行了。

从盐商镇到岩上,有两条道,一条大道和一条小道。

大道像条龙,沿着区域的中间行走,路面稍宽,好走,但绕得远。相反,小道像条裤腰带,斜斜地搭在山的边沿,路面窄,稍直,但难行。

他们走的是小道,小道路面坡坡坎坎弯弯曲曲坑坑洼洼,右边是悬崖,悬崖下是河。左边是大山,大山上还有山。他们在大山与悬崖之间穿行,马帮经常走,习以为常。两个儿子开始惊惊惶惶,后来适应了,还感觉刺激好玩,一路大呼小叫、你推我搡。只有陈钦的爱人一路颤颤巍巍,两手紧紧抓着陈钦手臂,小步轻移。

要去岩上,先到流坝镇,要去流坝镇,必须过拦龙河。他们从早上走到下午才到拦龙河岸边。

拦龙河是一条典型的峡谷河流，两岸山峰林立，绝壁峭耸，河水在刀削般的峡壁间冲撞，穿过莽莽群山奔流直下；在两岸奇峻的山峰峭壁中，遍布相通的溶洞。

他们休息了会儿，就沿着拦龙河走了一段，在一个拐角的山脑上，看到对面岸边的悬崖中有个洞穴。听马帮介绍，那个洞穴叫窗子洞，里面很宽，能容纳几百人。

再往前走，可看到窗子洞的右边有一条从崖壁中劈出的小道，有人在上面走动。

他们一路小心翼翼地往前走，一个多时辰后，到了进入流坝镇的铁索桥处。只见两根手腕粗的铁索，一左一右拴在两岸石缝中，上面铺有木板，晃晃荡荡，胆小的人根本不敢过。

守在桥口的是附近人，只要交了钱就让过。对于不敢过的，只要再交点钱，他们也会或背或扶着过桥。

他们连同马帮一共八个人。马是过不去的，马帮把东西卸在桥头，把马牵到岸上一户人家，交了钱，请那户人家看守。他们就把横在马背箩筐上的扁担拿下，挑起箩筐就上了桥。

陈钦一家四口，两个儿子一看到桥很兴奋，可一上索桥，就脸色铁青，才走了不到三分之一就赶快往回退，不得不让守桥人护送过去。

陈钦爱人王梦瑶，尽管有陈钦扶着，但刚一上桥，就吓得扑在陈钦怀里尖叫。无奈，陈钦只好壮着胆子背她过去。

过这种桥，慢不得，一慢一晃荡，更不敢过。要过这七八十米长的索桥，必须要跑着走，否则走到中间，桥一颠簸就会把人簸下河去。

过了桥，因为陈钦高度紧张，又背着妻子，已是大汗淋漓，像虚脱了似的。

他们沿着拦龙河左岸行走,岸上的小道像蚯蚓一样,时而钻进草丛,时而昂头向前爬行。小道在万丈悬崖之下,悬崖像个人头,在张着嘴巴喘气,小道像悬崖的嘴唇。

走出嘴唇,就直直往上爬,那里有个洞口,像条漂亮的鱼张着嘴不停地吐着清水,清丝亮弯的泉水潺潺地说笑着流向下边的河里。

在前面走的挑夫先坐在洞口路边休息,两个儿子走在中间,陈钦扶着爱人走在最后。

他们也顺便在洞口找个能坐的石头或草丛,屁股一坐下去,就接连发出"呕呕"的声音,像很舒畅的样子。

他们穿过热闹的流坝镇,再往前十来公里,就到了岩上。

进入岩上,视野开阔起来,一片绿油油的森林望不到尽头,山鸡和雀鸟在路边像走秀。他们无心观赏,也无意去捕捉,任凭它们自由晃荡。

陈钦一路走,一路选择停留的地方,最后走到高高的山上,山上长着山,树长在山上,树上长着花,好像花是天空中的云朵,又好像云朵是山里开着的花。

这世外桃源的山上真是自己的家吗?他想,不会再逃了吧?

十三

从来没有人烟的岩上,陆陆续续从天南海北来了很多人,大多是逃难来的,他们到后都是先扎帐篷或搭窝棚临时居住,随后再修房建屋。

陈钦上次阻止欧家圈地后，名声大了起来。从此，附近山头的人都把他当成主心骨，遇到什么困难和问题都请他拿主意。

陈钦没有主意，只是觉得大家都不容易，应当和睦相处，如果再有欺压，那与没逃没什么两样。

开始陈钦只顾自己的家，不想再管别人的家，可是看到人越来越多，他觉得要让自己的家过得好，周围的家也要过得好才行，否则自己也过得不好，因此对有困难的人家他都会出手相帮。

看到大家的信任，他也不谦让，经常把大家聚在一起，说说他的想法和愿望。其实他的想法就是在其他地方看到的做法，把那些地方的模板复制过来就行。

他走南闯北而来，看到建得好的村庄很多。他觉得一个建得好的村庄要看上去不凌乱，最基本的是污水有排处，杂物有堆处，门前要干净。

趁大多住房还是临时窝棚，现在规划还来得及，否则以后建成了，再纠正就难。

于是，他与大家商议，房屋沿着悬崖修建，一字排开，一排建完再建一排，排与排间的距离至少要有两米，像个街道的样子。

他先组织大家修条暗沟，作为污水排放暗道，同时让大家把各自的门口填平，一家连着一家填平的门口，就形成了一条弯弯曲曲的街道。

过了一阵，他们对面的山间又来了一拨人，他们把临时的家搭在山洞内。这个山洞像张大嘴，洞内搭建的窝棚像一朵朵盛开的蘑菇。

这些人都姓秋，像个家族，他们中有几个年轻人天不怕地不怕，光着脚板也能在林中捉野鸡，穿着薄薄的衣裤也能在雪中逮野兔。

这几个年轻人中,有个跑得快爬得凶的小伙,叫秋少安,他脸形狭长,身体结实,力大无比。他的窝棚内经常聚集着三五个人,一起吃饭、一起睡觉、一起打猎。

渐渐地,也有他们这个族别的人逃了过来,穿的服装与他们一样。男的是浆洗得泛光的粗布;女的衣服绣着漂亮的花纹,有蝴蝶、鸟、花草,栩栩如生。

相通的语言让他们亲如兄妹,洞内住不下,就把窝棚搭在了洞外。来的年轻小伙也纷纷加入了秋少安的队伍,担负着守护族人的安全的责任。

几年后,他们这里成了一个很大的寨子,居住在这个山的四周,从山脚缓缓而上,依附在山体上,像把撑着的花伞。

寨子里有条蜿蜒的小道通往各家各户,可以通达山顶,圆圆的伞尖被秋少安带人削平,用山顶开辟出来的石头在山顶修建了几间石墙草房,住在上面站得高看得远,成了他们的瞭望塔。

秋家寨和岩上遥相对望,所不同的是这里的山脚是进来和出去的必经之路。

起初,岩上和秋家寨不相往来。但是岩上的人要出山,还得从秋家寨经过,秋家寨的人要买些紧急的日常用品还得去岩上买。为此,两处的人不得不坐下来商量,不干涉双方的流动,渐渐地,两处增进了友好交往,红白喜事都会互相往来。

秋少安在秋家寨很有威望,也是人见而敬之,涉及秋家寨和岩上两边的大屋小事,只需陈钦和秋少安两人坐下来商量就成。

岩上的发展在按陈钦的设想建设着,门前经营着从镇上背来的日常用品。特别是陈钦爱人把粑粑、馒头的做法传授给邻居,纯粹的手工技艺和不断地总结改善,做出来的粑粑、馒头、凉粉的味道堪称一绝。他们摆在寨子里形成的小街上,连秋家寨的人都要过来买。

岩上还办有私塾，教书先生就是陈钦。他把自家房屋的一间拿出来做学堂，对来读书识字的孩子分文不取，权当消遣娱乐。秋家寨的人也会送人来念书，陈钦也是一样对待。

在陈钦时代，岩上和秋家寨相处得非常融洽。

秋少安是在秋家寨结的婚，妻子是寨子里的姑娘，很美。他生有三个儿子，大儿子和小儿子本分，父亲说东不敢往西，只有秋老二有点叛逆，在陈钦那儿念过几年书。看他野性大，秋少安有意让他去外面磨炼，就送去鹿县上学，想去掉他身上的野性。

秋老二去县城读书是租城郊农户的房子住，没有父母在身边管教，他的野性不但没收敛，反而更狂放，像春天的河沟涨满了的春水一样。

秋老二没有学名，在寨上都是以老二称呼。进中学后，老师给他取了一个很英气的名字，叫秋剑雄。

秋老二一改了名字，就像变了个人，眼睛经常闪着剑气，像冬天的冰块，让人不寒而栗。

几年后，秋剑雄不想再读书了，他像把锋利的剑带着几个弟兄回到了秋家寨。

他带着的几个小弟兄和他是一个族别，之前居住在鹿县县城对面高高的九层山上。

有一天，他的这几个小弟兄来县城卖了苞谷准备进馆子，不承想钱被小偷偷了，吃饭时付不起账而被对方追讨。慌不择路的他们把迎面走来的秋剑雄撞了一跤，他们站立不稳滚扑在秋剑雄身上。秋剑雄破口大骂，一个翻身抡起拳头准备打过去，三个小伙情急之中冒出了句本族语言："拐了，今天怕要栽了。"

秋剑雄听懂了他们的话，把拳头迅速收了回来，急忙用本族语言问："你们急啥子，是遇到哪样事了？"

三个一听对方是自己人，忙用本族语言回答："小偷摸了钱，吃饭付不起账，被店家追打。"

才一对一答的工夫，饭馆的老板带着伙计已追到眼前，秋剑雄忙把三人挡在身后，为他们付了钱，从此几个人便成了拜把兄弟。

秋剑雄没有继续读书，回到了家，秋少安没有说什么。他也知道这个儿子不会读成什么书，让他去县城读书，也只是让他去长点见识，去去劣性。

秋剑雄回来后是住屯上，因为房子一直空着，秋少安说上上下下不方便，不愿在上面住。

和秋剑雄一起来的几个年轻人，不是腰挎着刀就是肩扛着棍，整天跟在他身后，趾高气扬的，俨然一副跟班或侍卫的样子。和他们在屯上住的，还有秋剑雄儿时的几个玩伴，一共有十四五个人。

为了团队的管理，秋剑雄模仿读书时的组织架构，任命了班长、生活长、武术长。班长负责指挥调拨这十几号人的行动；生活长负责十几号人的生活；武术长负责屯上和秋家寨的安全，平时教大家练练武，如果生活长外出采购物资遇到难题，由武术长带人出面解决。

那时有陈钦在、秋少安在，他们不敢到岩上造次，只能在森林里打猎。

陈钦、秋少安相继去世后，秋剑雄渐渐不把岩上人放在眼里，开始从偷到抢，后来在光天化日之下欺压妇女，让岩上人生活处境变得艰难起来。他们大多又想到外逃，可普天之下，连这么偏远的地方都这么乱，何处才安宁呢？

他们想反抗，可是在陈钦这十多年的庇护下，他们过惯了安稳的日子，羽翼也变得脆弱。大家都想明哲保身，即使看到邻居遭难，都不敢出手相助。

陈钦去世后，杨少明、杨少清两兄弟虽有父亲的硬气，但他们总是担心家人的安危，常常忍气吞声。岩上的软弱放纵了秋剑雄的欺压行径，岩上人从此过着暗无天日的生活。

触底势必反弹。杨少明、杨少清虽然瞻前顾后，但没有容忍秋剑雄欺压下去，他们没有和秋剑雄硬碰，而是采取迂回的方式"曲线救国"。

十四

渐渐地，杨少明、杨少清先后成婚，都住在"U"字形小院。中间是父母居住，左厢房杨少清住，右厢房杨少明住。

杨少明的爱人是冲冲头的谭家，叫谭娴；杨少清的爱人是山脚下的韩家，叫韩敏。

两个都是娃娃亲，韩敏和谭娴也是跟随父辈新迁来的，陈钦和她们的父辈都有交情，相互之间走得很近。杨少清的娃娃亲是父亲喝酒开玩笑定的，虽是乱点鸳鸯谱，但却一定成真。

双方父辈定亲的时候，杨少清和韩敏还乳臭未干，两小初次见面，还手拉着手一起玩棕包果、捉迷藏。

随着年岁的逐渐增长，互相知道自己的角色和身份后，便不在一起玩了。平常的时候，两个快接近了又突然羞涩地分开，但眼睛的余光还时不时悄悄瞟向对方，直到结婚后，这种现状才得以改变。

而杨少明和谭娴定娃娃亲的时候，双方已是十三四岁的样子，互相一见倾心，彼此把心交给对方，一直小心翼翼呵护到成婚，才放下心来。

婚后，两个媳妇当起了婆婆王梦瑶的好助手，做馒头、炸粑粑，卖得不亦乐乎。而杨少明和杨少清组织一支挑夫，逢场天为群众挑农作物、猎物到小镇去卖，再采购些日常用品挑回岩上，极大地方便了岩上群众。

转眼，杨少明和谭娴生了个儿子，叫杨健明。杨少清和韩敏生了一儿一女，儿子叫杨华（杨老爹），女儿叫杨颖。

整天守着三个活蹦乱跳的孙子，陈钦夫妇脸上乐开了花。他们在爷爷的庇佑下快乐地生活着，特别是杨华、杨健明，跟着爷爷学打猎。陈钦在打猎中毫无保留地教给他俩刀叉用法、枪法，让他俩在潜移默化中不仅学到了一些打猎的绝技，还学到了一些逃生的本领。

杨家幸福生活的改变是从陈钦去世开始的。

说起陈钦的去世，毫无征兆，也很是意外。

那是一个周末，两个儿子组织挑夫去赶集了，陈钦感觉在家里闷得慌，想去山上转转。继儿子儿孙都会打猎后，陈钦很少进山了。

那天，他没有带打猎的工具，比如刀叉什么的，只带着那棵不离身上着椎子的烟杆只身前去山上，纯属想去游玩一下，遇着什么逮什么就行，因为家里并不缺少猎物。

他绕过房屋，小心翼翼地在河岸的悬崖上走着，时值正午，路上没有遇到一个人。走着走着就开始爬坡，那坡路他以前经常走，虽然有些悬，但对于他来说，是司空见惯的了，没有感觉到害怕。

爬着爬着，他突然看见路中间的石板上盘着一条蛇，这条蛇好端端盘成一盘蚊香似的形状，扬着头，吐出血红的信子。陈钦有些诧异，森林里是不会少蛇的，但人有人路，蛇有蛇道，蛇不会来占人道的。陈钦想跨过蛇走过去，但那蛇盘的地方好险要，左边是笔直的山崖，右边是见不到底的阴森森的峡谷，而蛇的后面呢，正好是山路转弯处，一堵悬崖迎面挡着，平时走都须扶着崖壁才过得去。那蛇又莽壮，手臂粗的身子盘起来比磨盘还大，这就使陈钦跨过蛇走的可能性没有了。

陈钦觉得事情是有些蹊跷，见跨不过蛇，他干脆坐下和蛇相差一步，互相对视。那条硕大的蛇并没有袭击他的意思，它依然盘立着，像座金字塔，头高昂着，火红的蛇信子像一束束血红的火焰，密密匝匝地缠着他的全身，蛇的两颗阴森森的冰凉的眼珠定定地看着他，不给他让道。

看着蛇逼视地瞪着自己，陈钦有点恼怒，他举起烟杆向蛇扬去，他本想吓唬一下蛇，哪知蛇并不躲避，也不退让。陈钦更加恼怒了，把烟杆带着椎子那头向蛇挑去，蛇碰着铁器，一头冲向悬崖，只听到蛇身摩擦地面"唰唰唰"的声音，眨眼工夫就不见了。

吓走了蛇，陈钦把烟杆换到左手，用右手扒着迎面挡着的崖壁，移了过去。

刚移过悬崖，一抬头，陈钦就看到一只老虎在上方的岩石上昂头坐着，老虎一身黄，只眉间一团白，两只眼睛虎视眈眈地盯着岩的下方。

陈钦见有老虎，便迅速抽身转过悬崖，退回到盘蛇处。陈钦退得快，老虎的动作比他更快，他的右脚还是抬晚了半步，只听到一声呼啸，右脚就被老虎的爪子抓着，老虎爪子只一收，陈钦就摔下了左边的山崖。

陈钦是第二天早上被家人找到才抬回家的，抬到家时已奄奄一息。

陈钦过世不久，其妻王梦瑶郁郁寡欢，不久后无疾而终，被葬在陈钦旁边。

陈钦过世后，杨家感觉到时时处处都有危险逼来。

特别是杨少清看到女儿杨颖含苞待放的身体，令他非常纠心，他怕女儿的美貌给家人带来灾难，似乎希望女儿能够减少一下美貌的诱惑力。

杨颖的美貌让秋剑雄馋涎欲滴，杨少清也看出了秋剑雄眼里贪婪的淫光，时时处处都提防着。

一天晚上，秋剑雄坐卧不安，只因杨颖的影子在他大脑屏幕上反复播放，令他焦急难耐。几个兄弟看出他的心思，就撺掇他翻窗入室，来个霸王硬上弓。

秋剑雄听从了几个小弟兄的计谋，于是，在夜深人静、狗已入眠的时候，他和几个小兄弟抬着个木梯穿过重重黑暗，先从围墙翻入院内，再从后墙爬上杨少清家二楼。二楼虽有窗户，但没有一楼的结实，秋剑雄蹑手蹑脚地不费吹灰之力就把窗户打开，当他像猫一样跳进屋内，意想不到的事发生了。

只听"咔嚓"一声，秋剑雄的右脚踩在了巨大的夹板上，粗壮的钢条做成的"凸"形夹用力狠狠弹去，剧烈钻心的疼痛让他龇牙咧嘴不敢发出声来。他脚上戴着夹子不顾疼痛翻窗而出，迅速逃之夭夭。

十五

离岩上约五公里处有个望山屯，说它是望山屯，是因为它耸入云天，站在屯上一览众山小。

这望山屯与岩上同属一个山脉，从望山屯到岩上，要穿森林沟壑，林中壑里时有毒蛇虎豹出没，伤及人类。

在望山屯有个姓木名先易的，也是个人物。他小时投靠邻县的尚国伍（曾在国军中任过团长，家业大，称霸一方），被分派驻流坝镇一带，过着劫富济贫的生活。

他独树一帜，一边招兵买马，一边在过茨马场、弋家寨、岩上一带打劫富户，并与地方官吏角逐，过着"你追我躲，你疲我扰"的生活。

他待人随和、仗义，不骚扰穷苦百姓。买东西或叫农民做饭给弟兄伙吃，照例付钱。对进入过茨马场做买卖的人，也加以保护。他常说："在我的地盘上失落的东西，由我负责赔偿。"因而每逢赶集，邻乡商贩可以放心经营，市场异常活跃。

木先易来过岩上，那是陈钦在的时候，他是慕名前去拜访的。自陈钦露出身手后，名声大了起来，那些自认为很了不起的当地为非作歹之人有所收敛。木先易同陈钦见面时，虽然陈钦年事已高，但英气还在。见陈钦心地善良，从不欺压人，就与他成了莫逆之交，离开时说只要他家遇到了什么难事就去望山屯找他，他会鼎力相助。

那时杨少明、杨少清已经成家生儿育女，有老爹护着，没想得那么长远，对木先易所说的话没当回事。

谁曾想，陈钦才去世不久，就出现了秋剑雄明目张胆欺上门来的事。

想到老爹和木先易有过那段交情，杨少清就想找木先易试试，看他能不能帮帮杨家把灾难化解。

从秋家寨经过去望山屯，虽然绕道，但路面宽敞好走，杨少清不想让秋家寨的人知晓他去望山屯，他想把这事做得神不知鬼不觉。

从岩上沿着悬崖直走，虽然偶有虎狼出没，小有危险，但不会被人察觉。

杨少清走过这条路,他也知道走这条路的凶险,但为了女儿、为了杨家,他不得不走。

杨少明想和他去,可杨少清却说:"我们俩都去了,万一有个三长两短,这个家谁来管?"

儿子杨华要和他做伴,杨少清又说:"你是家里的顶梁柱,我们一起如果出了事,你妹妹你娘谁来照顾?"

总之他不想让家人和他去冒风险,前方有什么苦和难,为了家人平安,他只想一个人承担。

杨少清走得有点悲壮,好像去赴什么生死之约。他认认真真交代后事,惹得一家老小泪流满面。

他只身告别妻儿,越过岩上最近一个山岭,就没入森林沟壑之中。

杨家自逃难在岩上定居以来,都是在这片森林里长大,是森林给予他们生存的条件,但森林太大了,他们没有走到过尽头。

杨少清的脚踩在厚厚的枯枝树叶,松软得像踩在棉花上,他避开猎人设下的陷阱和狼穴虎窝,一路前行。

树干上的苔藓,头顶上的树叶、树枝丫,垂吊在树枝间须发状的藤萝,以及空中说不清是哪儿在滴水,像大森林的眼泪,大滴大滴的,晶莹透明,一颗颗落在杨少清的头上、脸上、脖子里,冰凉冰凉的,使他感到寒气逼人。

杨少清走出森林,看到前方不远处有个村落,一条溪水从村中潺潺流过,溪水两边农家错落有致。溪边,梯田里黄得垂头的稻谷默默想着心事,一条进寨的青石板路明明晃晃的,引着杨少清往寨子里前行。

在一户农家门前,鸡啄食争斗得撕咬扑打,一老妇坐在门槛上缝补旧衣。老人面目慈祥,额上皱纹深深浅浅,藏着流淌过的岁月，古铜色的脸反射着太阳的光芒，让杨少清瞬间感觉到不少温暖。

杨少清在这迷了路，他走近老人，弯腰细问："老大妈，去望山屯怎么走？"

老人抬起头来，可能耳朵有点背，听不太清，忙停下手中活计，捏着针线，支着耳朵，侧着身子："你说的啥？"

此时杨少清提高了声音再问一遍："老大妈，去望山屯怎么走？"

老人这时可能听清了，忙起身离开门槛，走向房子右边往上一指："跟着这条小路，一直往山上走就是。"

杨少清连忙打躬作揖说着"谢谢"。

小路在竹林中，椭圆的竹叶黄黄的，铺洒在路上，泛着金黄的光，如不仔细瞧去，不知那里会有路。

杨少清踩在竹叶上，像踩在雪面上，有些丝滑。

走出竹林，就是山路，弯弯拐拐的，绕过一个山脚，跟着山路走，再绕到一个山梁，就看到前方高高的山下有人在走动。再抬眼看看山顶，像根擎天玉柱悬在空中，山顶上立有房子，盖着草。

杨少清心想：这可能就是望山屯了。

杨少清再向四周打量，群山环绕，三面绝壁，白色的崖面光光滑滑的，猴子爬不上去，蝙蝠无处停脚。山的左侧，一条小径犹如通天之道，悬梯般爬上山顶。

山脚下有两个人在走动，一个扛着大刀，一个肩挎长枪。

杨少清走过去弯着身子谦卑地问："木团座在吗？"

木先易对手下很好，手下喜欢叫他团座。

挎着枪的目不斜视，不予理睬。扛着刀的上下打量，半天才缓缓发声："你找我们团座什么事？"

杨少清忙把准备好的香烟递了过去，挎着枪的摇摇头表示不会，扛着刀的腾出右手来接过，并把烟叼在嘴上，杨少清忙走近帮他点火。

　　烟把感情桥搭上了，杨少清便把家里遇到的难事大体说了出来，挎着枪的眼睛转了过来，一脸表示同情。扛着刀的义愤填膺："走，我带你去，好好给我们团座说说，我们团座可是个大好人，他一定会帮助你的。"

　　杨少清跟在扛大刀兄弟的后面，往屯上爬去。

　　笔直的路是一块块青石头铺成的，像石梯子，两边的岩石上还有些凸起的尖圆石头或凹下的不规则石槽和石缝，上下的人便把它当作扶手抓拉，以维持身体平衡。

　　杨少清也跟着抠下凹起的不规则石槽一步步往上爬。

　　爬到半山腰，他下意识往后一瞥，顿感头晕目眩，脊背发凉，脚杆不由自主颤抖起来。

　　扛刀兄弟回头看到杨少清不安的脸，忙吩咐他不要回头，不要看下面，要抬起头来往上看。

　　杨少清战战兢兢好不容易爬到屯上，才停下来抹了抹额上的汗。扛刀兄弟把杨少清带到木先易门口后，便吩咐杨少清在门外等着，他先去禀报。

　　不一会，扛刀兄弟出门让他进去，自己又蹬蹬蹬地下山去了，这样悬吊着的天路，对他来说已习以为常。

　　见到木先易，杨少清未言泪先闪，先把父亲临终前遗言有事到望山屯找他的事和盘托出，随后便把他一家遇到的难事说了出来。

　　杨少清说，现在秋剑雄在岩上无恶不作，烧杀抢掠什么都干，他们想请木先易帮帮忙，从中调停调停，看能不能让秋剑雄饶了他家。

木先易两手搭在椅子两边的扶手上,两眼盯着杨少清,瘸着的腿不听使唤地动了动,手中不停地把玩着像鸡蛋般大小圆圆的绿色的石头。

杨少清带着悲凉的腔调把话说完,或许是过于悲戚,身子颤抖着,连伸进衣兜的手都有些哆嗦。

见木先易久久不语,杨少清便掏出块圆圆的亮晶晶的东西双手捧着递给木先易。木先易没起身,也没让他近前,只向身旁站着似乎是师爷的老人摆摆下巴。老人走下台阶,双手从袖筒里伸出来把东西接过。

那是杨少清父亲留下的宝贝,一块镶着二十六颗宝石的怀表,跟随了陈钦几十年,表从未停过。

杨少清把话说完,木先易还是没说话没起身,又向身旁垂立着的老人摆摆下巴。老人再次走下台阶,微弯着身子,左手展开请的姿势,把杨少清带出屋去。

老人把杨少清引出门后,招手把不远处的一个年轻喽啰唤近前,让他把杨少清带下屯去。喽啰得令,就走在杨少清前头,"咚咚咚"的几步就跨出庭院,站在山门出口恭等着杨少清。

看到杨少清有点害怕的样子,他便走在前面,把肩膀递给杨少清作为扶手,慢慢向山下走去。

杨少清原路返回,半道上儿子和侄子来接。他俩扛着刀,在森林里踅步等待,见杨少清来了,心上的石头才落了地。

此后,杨家不知道木先易怎么给秋剑雄说的,也不知道说了没有,或许是秋剑雄那晚受到老鼠夹的惩罚收敛了。反正自杨少清请木先易帮忙后,秋剑雄倒是没到过岩上犯过事,也没再纠缠杨少清女儿。

然而,好景不长,随着这里格局发生变化,秋剑雄依附了棵大树,不再把木先易放在眼里,又在岩上故伎重演。

十六

在西南部，由于地质结构，溶洞较多，在那兵荒马乱之年，为了保自身平安，也为确保自己的统治地位，一些地方势力往往会以溶洞为天然屏障，招兵买马，占洞为王，为所欲为。

流坝镇是黔边的一个小镇，与滇交界，属乌江上游，这里被三岔河、拦龙河环绕，形成了个独立的岛屿。去岩上必经之路的拦龙河岸边的窗子洞就被当地土匪利用，他们在洞中建起营盘，有粮仓、弹药库和吃睡的地方。

熊进山、熊进水、熊进财就是统治这一带的家族土匪势力，连同木先易、秋剑雄两股势力，呈现了三足鼎立局面，即北方有木先易、西边有秋剑雄、东面有熊家。

三股势力中，熊家占优势，人多势众。木先易算被逼造反人物，仇视富人恶霸，同情穷人弱者。他对熊家的统治怀有不满，常常组织平民暗中抵抗，被熊家视为眼中刺，欲除之而后快。

木先易虽坐在高高的望山屯上，但因人缘好，手下喽啰也不少，眼线遍及村寨，只要熊家一有风吹草动，他就先得知。他权衡利弊，打得赢就打，见力量悬殊就逃，让熊家对他束手无策。

当时的秋剑雄与木先易是井水不犯河水，所以木先易去秋家地盘走动是来去自由，有时秋剑雄还为他提供必要的帮助和庇护。

三足鼎立局面发生逆转成为一家独大的是杨少清去求木先易帮助时开始的。

木先易接到杨少清求助后，在一个月黑风高的夜晚带着心腹来到秋家寨拜访秋剑雄。

对这个无事不登三宝殿的来客,秋剑雄打破脑壳也想不到会是为一个女人。

秋剑雄贼溜溜的眼睛转动着,论外表,他承认自己没有木先易好看。木先易中等身材,成熟的年龄有着成熟的气质,眼角虽然有了明显的皱纹,但丝毫不影响他的帅气,美中不足的是腿有点跛。

秋剑雄神游着,他在等木先易开口。

木先易没有带礼物,对于秋剑雄他无需带礼物,因为他根本不把秋剑雄放在眼里。如果有必要,他把秋剑雄杀了也最多像宰一头牲口。

他找到秋剑雄会谈,没有客气,直接开门见山:"岩上的杨颖是我的女人,希望你以后别去打扰。"

秋剑雄一听,脚上的伤疤好像又疼了起来,咬着牙狠狠地把口水咽了回去。他怎么也忘不了那一晚的暗算,一直想找机会报仇。

木先易只一句话,说完了就拖着残腿,一瘸一拐地离开秋家寨。秋剑雄很想发作,但凭力量他还不敢与木先易抗衡,因为木先易背后还有个邻县的尚国伍。他想,这次木先易上门应该是做好了功课的,他不敢轻举妄动。

木先易的警告让秋剑雄不得不重新思考,他不想为了一个女人送了自己性命并断了秋家寨的气数。他只好忍气吞声,暂时放过岩上村,放过杨家女儿杨颖。

看到有人把脚插进了自己地盘,坏了自己的好事,秋剑雄心里很不爽,很窝火,整天憋着一肚子怒气,碰到谁都想爆炸。想来想去,他有了与熊家结盟对付木先易的念头,把木先易赶出流坝镇地盘,好两家独大。

他去拜访熊家是忍着屈辱和痛苦带着烟土去的，这烟土是他的心头肉，送给熊进山就像割了他的肉。

见秋剑雄是为了铲除木先易而来，熊进山非常高兴，破例留他并陪他吃了顿饭。

为了防止有人暗害，熊进山一般不陪人吃饭，他吃饭都是单独开灶，厨师是自己的心腹。虽然如此，吃饭前他还是要让人试毒。

秋剑雄一开始是抱着与熊家结盟的事而来，哪想到熊进山的胃口那么大，他要把秋剑雄收在自己的麾下，让秋家寨成为窗子洞的据点，负责岩上和周边村寨的统治，所有的租子收缴后，秋剑雄只能留存三分之一。

这么苛刻的条件让秋剑雄忍得心里滴血，但他不敢不从。他不从也得从，不从的话自己能否走出熊家地盘还很难说，只能打落牙齿肚里吞，强装笑颜答应。

熊进山怕秋剑雄离开他的地盘反悔，立马安排十来个手下在一个心腹的带领下进驻秋家寨，并批准带去一挺机枪、两把短枪和三百发子弹作为防御。这下，秋剑雄彻彻底底地成了熊家老二，心中虽有不甘，但也得屈从。

他们结盟或者说秋剑雄投靠熊家的消息不知怎么让木先易知道了。木先易一听报告，感觉情况不妙，如果让熊秋如意算盘得逞，自己的处境会变得更加艰难。

木先易不能让他们阴谋得逞，他迅速调兵遣将在秋剑雄回来的必经之路蹲守伏击，准备除掉秋剑雄，让熊秋两家联盟的美梦破灭。

为防事情泄露，秋剑雄去见熊进山是秘密的，他只带个忠心耿耿的随从，一个跟随了他二十多年的兄弟，两个都经过乔装打扮，只差没有戴着面具。

秋家寨到窗子洞足足二十五千米,他们骑的快马没有在中途停歇,只听到"嘚嘚嘚"的马蹄声,只看到一缕烟尘飘在空中,还未看清人影,马的影子也不见了。

他们到窗子洞地界是经过三番五次盘查后才进入的。

此次窗子洞之行,虽然结果让秋剑雄大失所望,但一想到可以报木先易抢女人之恨,心情又变得愉快起来。

熊进山送的机枪是心腹带着,为了显示自己,心腹一直把机枪抱在胸前。尽管骑在马上,他仍端着瞄这瞄那,子弹和短枪都是他带去的人背在身上。

一群人骑着马耀武扬威在山道上奔走,天上有白云游来游去,云缝里露出来的天空是蓝色的。随着他们走,见主人高视阔步,马也跟着趾高气扬,遇到过路村民,还打打响鼻吓唬;有时还旁若无人地把嘴巴伸到路边的地里,偷食嫩嫩的蔬菜。路边居住的人家还以为民团又要来收租,不敢正面打量相看,纷纷低头忙活或迅速避开。

他们穿山越岭,一路欢快,特别是抱着机枪的人,很是兴奋,好像希望发生一场意外,好放一梭子弹,他一路眼神瞄个不停,心痒得像猫抓似的。

在一个岔路口,一个穿着胳肢窝处露出棉花衣服的山民牵着一匹瘦马迎面而来,马背上驮着一个女人,好像生病的样子,无精打采的。看到马队过来,山民试图把马逼靠在边。

秋剑雄的马走在前面,仰着脖子,挺着胸膛,高傲地斜视向它走来的马,不时地张扬着晃晃脑袋,在错过的当儿,还跺跺蹄子。而这个山民的马屁股尖得像个狗嘴,从坡上下来时夹着尾巴,低眉顺眼,畏畏缩缩,谨小慎微的样子。马和马迎面相见,山民的马把脸朝向沟坎,埋着头。马队遇到女人就狂躁,就向天放枪,枪声惊得山民的马突然把头昂起蹦跳起来,女人就从马背上滑溜下来，逗得马队哈哈大笑。

看着快到自己的地界，秋剑雄绷紧的神经才松弛下来，一路上他都提心吊胆，怕木先易打埋伏。只要进他的地盘，弟兄们会来接他，那时木先易对他将无可奈何。

有时世间的事情真是说不清楚，希望好的事情发生往往望眼欲穿不会来临，害怕或坏的事情发生只要一有意念，就会如期而至。

他们才转个弯，就被两边山石背后发出的枪声吓蒙了。那个抱着机枪的枪手迅速扣动扳机，可是只听到枪栓撞击的"嗒嗒"声，却看不到子弹飞出。原来机枪是新的，弹夹是空的，没有装子弹。他喊后边的喽啰，他们全都像被鬼撵一般四处逃窜，有的往后缩脚跑了，有的躲在山石旮旯里缩着不敢露头，有的被子弹打中在地上翻滚着嗷嗷直叫。

才一愣神工夫，机枪手被打落马下，机枪掉在一边，人滚在一旁。

秋剑雄一听枪响，马上策马往后跑，他的马还算灵便，几步就跑到了落女人的岔口处。这时，那个山民还在扶女人上马背。女人好像摔伤了的样子，龇牙咧嘴的，抱着脚站不起来。

因为马刚才受到了惊吓，不听主人使唤。主人才把女人拦腰抱了起来，马就倒退着不配合。秋剑雄正好惊逃过来，他急中生智地跳下马，并狠狠甩了马屁股几鞭，马莫名其妙地挨了揍，委屈地扬起四蹄头也不回地向对面的森林跑去。

秋剑雄来到山民旁，不由分说就帮助山民把马牵住，让山民把女人扶上马背。秋剑雄的举动让山民受宠若惊，也感觉有点莫名其妙和不可思议。此时，他看到几个蒙面人影在山坡上向他这边晃了晃后就缩了回去，才突然明白是怎么回事。

山民向秋剑雄千恩万谢，然后驮着女人走了。秋剑雄没有走,他悄悄蹲伏在落马女人掉下的阴沟里,大气都不敢出。

木先易这次埋伏,把熊进山送给秋剑雄的枪和子弹悉数收入囊中,但没能除掉秋剑雄。没有受伤的喽啰吓得屁滚尿流,像兔子一样跑回了窝子洞。

接报后的熊进山气得脸色铁青,暴跳如雷,发誓一定要将木先易碎尸万段。

秋剑雄是躲到天黑后才从深沟里爬出来跑回秋家寨的,他被吓得六神无主,睡着了又被惊醒,搞得屯上像闹鬼。

木先易一日不除,秋剑雄寝食难安,整天想的就是怎么除掉木先易。

一天,一个亲信向他提供情报,说木先易的心腹王朝华有个相好的住流坝镇,王朝华经常去那幽会。

流坝镇与秋家寨和望山屯呈锐角三角形,地势广阔,物产丰富,是木先易和熊进山明争暗斗之地。两家的情报网遍布到户,你中有我、我中有你。就像秋剑雄与木先易一样,秋剑雄的人也有被木先易拉拢了的,木先易的兵也有些被秋剑雄收买了的。

王朝华是木先易的心腹,秋剑雄第一次听说。他在想,王朝华怎么会成为木先易的心腹呢?

对于王朝华,秋剑雄还是比较了解的,家住弋家寨,离他和木先易都远,离尚国伍较近。他被抓去当过兵,听说是尚国伍的部下,他家有年事已高的父母,于是他在一次征战途中悄悄溜走当了逃兵,被尚国伍手下抓回来后,尚国伍念他同乡之情,网开一面,让他回了老家。后来尚国伍回到老家镇守一方,王朝华前去投奔,成了尚国伍的铁杆。

木先易投奔尚国伍时,尚国伍为了在这边建立自己的情报网络,便把王朝华安排回弋家寨当情报组长,专门负责收集情报工作。为了方便,尚国伍把王朝华介绍给木先易,让木先易多多关照。于是，王朝华成了木先易的心腹。王朝华不仅仅是木先易的心腹，还是木先易和尚国伍的联络官，当然这些秋剑雄并不知情。

为了核实情报的真实性，秋剑雄安排他在流坝镇的眼线进行蹲守摸底。

秋剑雄做的一切，王朝华都被蒙在鼓里。

王朝华的相好是有男人的，和王朝华一样给木先易做事。不同的是那个男人是个守屯打杂的，要值勤，王朝华一般不值勤。相好的和她男人分开后，王朝华就和她好上了。

从望山屯到弋家寨，中间要经过流坝镇。宽阔的坝子产米、产稻、产果，什么都产，所以租子收得多，成了熊进山争抢之地。

王朝华的相好是土生土长的流坝镇人，有了木先易撑腰和王朝华的暗中关照，相好家的租子交得少，流坝镇的水和米把她养育得有模有样。

王朝华和相好的认识，是一次王朝华和相好的男人一起回家，在途经流坝镇的时候，相好的男人好意邀约王朝华去家里喝酒。相好的男人只是客气邀请而已，不想王朝华却当了真，真的去了。相好的男人喝不过王朝华，被王朝华喝得酩酊大醉。

王朝华也喝多了，但没相好的男人恼火，喝多了的王朝华看到相好，像看到了仙女，就对她动了心。

那时相好不喜欢王朝华，想告诉她男人，可是架不住王朝华的威胁："你如果告诉他，我就把他杀了。"

王朝华不是说着玩的，他有这个实力，见相好默不作声，就软硬兼施："你如果从了我，我保证你家吃香喝辣，也保证你吃穿不愁。"

在那个动荡不安的年月，弄死个人就像踩死只蚂蚁，只要能活下来，就很不容易。相好抱着过一天算一天的想法，就默认了。

王朝华来相好家，常常带来一些烟土，相好收到烟土，就悄悄卖给周围信得过的人换些钱用。她只卖不吸，也不让自己的男人知道。

山村的夜晚除了喝酒、摆龙门阵，就是上床睡觉。

相好知道王朝华今晚会来，她早早收拾好房间，吹了灯。王朝华黑灯瞎火轻车熟路摸了进来，一声不吭地走向"自己"的床，相好往后缩了缩，王朝华上了床不由分说抱起相好就亲，想早早完事。

王朝华今晚不知怎么了，莫名感觉惶惶然不知所以，心想是不是今晚要出事。于是就告诉相好说有点急事，说完就赶快撒腿离开。

王朝华刚走不久，秋剑雄的人就从门外拨开门闩，蒙着面闯了进来，却扑了个空。

秋剑雄原打算捉奸在床，逼王朝华就范，看来这招失败了。

见擒王朝华失利，秋剑雄就接着实施第二套方案。

王朝华在弋家寨也有自己的一帮生死兄弟，秋剑雄想去弋家寨捆绑他又怕节外生枝，于是打算半道拦截。

地点选在和相好的男人分手后的第一个岔路口，从望山屯下来，太阳还挂在对面的五子山上，像喝醉了酒似的红着脸。

几天后，王朝华和相好的男人像往常一样回家边走边聊。临分手时，相好的男人殷勤地又邀他去家里喝酒，王朝华怕他暗下毒手，就激烈地推脱说家中有事就匆匆往家赶。

王朝华一路心头突突直跳，预感要着出事，又不知在哪出，出什么事。

自上次从相好家出来后，王朝华老是觉得被人鬼鬼祟祟盯着，他怕相好的男人找帮手害他。

翻过山垭口进入峡谷，他的右眼皮像鸡啄食一样跳得厉害，太阳的余光像一把把利剑向他刺来，后背像中剑了一样阵阵发凉。他才迈出谷口，山石背后突然跳出五六个蒙面之人把他拦住，有两个壮汉提着个大麻布口袋不由分说就向他头上罩去。王朝华喊出的声音呜呜的，像风在哭，于是其中一个壮汉扯出块破布把他的嘴巴堵上，让他呼吸都感到困难。

被蒙住脸的王朝华不知对方来路，心想相好的男人平时看上去老实巴交的，竟然会和他玩阴招。他被蒙面人推搡着，在山石路上深一脚浅一脚地走，到了爬坎他被拉着，到了下坡他被提着，如此跟跟跄跄走了个把钟头后停了下来，他感觉进了寨子。

他被两个壮汉塞进了个黑屋，随后蒙着的布被扯开，他看到一盏煤油灯蹲在墙上，昏黄的光使劲摇曳，像个临死的病人张嘴呼吸。

王朝华大睁着眼四下搜索了半天才慢慢适应，当看到站在面前的是大名鼎鼎的秋剑雄，他顿时傻了眼。

秋剑雄一副笑眯眯的模样，他的头差不多顶着楼，瓜子脸上的眼睛眯了下又睁大，眉毛皱起又舒张，像条蛇在蠕动，透出慑人的气息，昏暗的煤油灯打在他的脸上，像涂了层蜡，此时的秋剑雄有点像传说中的恶煞。

王朝华这时才知道自己被绑架了。

他早听说相好的男人是秋剑雄的眼线，有点不太相信，他早就想把相好的男人是秋剑雄的眼线的事报给木先易，但一想到自己对相好的承诺，他又把此事压了下来。

还未等秋剑雄开口，为了活命，王朝华就把和相好的事竹筒倒豆子般吐了出来。秋剑雄除表情跃动外，没有任何反应，只是两手不停地把玩着一把锋利的刀刃，刀刃上游走着冰冷的光，在煤油灯照耀下,像沾满了鲜血。秋剑雄紧盯着王朝华,目光像剥皮刀一样锋利,让王朝华毛骨悚然。

王朝华说完,就向秋剑雄磕头饶命:"我保证再不和相好往来,从此一刀两断。"

这时,秋剑雄的声音像从地狱传来:"你只要答应我件事,你和你相好的事我不但不管,我还会给你大洋和烟土。"

王朝华听说有这么大的好处,不敢随便答应,因为他知道这事肯定难办。

这事的确难办,秋剑雄要王朝华做的事是把木先易杀了,不管王朝华怎么做、采取什么方式,只要木先易死就行。

王朝华一听这事,两眼瞪得圆圆的像铜铃,嘴巴张到最大都感觉呼吸困难,舌头上仿佛压着重重的东西,感觉很是麻木,说不出话来。

秋剑雄说:"这事对你并不难,做或不做,你都可以选择,也就是说你可以选择你是生或是死。"

虽然天堂美好,但人还是选择苟且活着。人在死亡面前都有求生的欲望,王朝华并不例外。在这生死关头,王朝华选择活着。但他有个条件,要替他保密。

秋剑雄答应了,并马上支付给他一百银圆作为定金,事成之后余下的一并奉上。

十七

王朝华是木先易的心腹,他要杀木先易易如反掌,有的是机会。

在屯上做不是不可以，但在屯上做了木先易，他逃不脱。他知道木先易处置背叛者的手段，一刀一刀地剐，让人求生不能求死不成，末了，会把遍体鳞伤、奄奄一息的背叛者挂在屯的石壁上，任凭鹰啄蛇咬。

如果这样，还不如选择被秋剑雄处死，落得个好名声。

王朝华绞尽脑汁想了几个晚上，他选择在开年会时动手。

每年年底最后一天，尚国伍都要组织年会，给手下弟兄们好吃好喝的机会。当然，最重要的是能收到很多好处，有大洋和烟土，还有一些在黑市上贩卖的珍宝。

王朝华和木先易是一起去的，还带了随从，随从负责带烟土，还有大洋。

去临县尚国伍处，要从弋家寨经过，按惯例，木先易都要在弋家寨逗留一到两日。

这次木先易对他的死亡没有什么征兆和预感。其实，任何人对自己的死亡都没有任何征兆和预感，也就是说，人都不会知道自己什么时候死，以什么方式亡。

死亡来临前，木先易是很快活的。

他们骑着快马翻山越岭、穿林过溪，三个多钟头就到了临县，三人像往年一样都受到热情款待，该吃就吃、该喝就喝、该玩就玩。

不同的是，这次王朝华好像有些反常，比以前少言寡语，有时听他说话舌头像打了结。有时看他站在一角，眼神木然，反应迟钝，像个木偶，但又好像看到有泪珠在眼门上挂着。喝酒好像不胜酒力，几杯酒下肚就歪倒在桌上。

木先易没有把王朝华的反常往自己身上扯。平心而论，他待王朝华不薄，王朝华对他忠心耿耿，俯首帖耳，他视王朝华为左膀右臂。

　　在杀木先易之前，王朝华内心挣扎得很痛苦，他怕背上不仁不义的骂名。他又怕木先易的其他兄弟报复，他更怕尚国伍的家法惩戒，那惨状让他想都不敢想。

　　他本不想答应秋剑雄的，但为了活命，又是在别人屋檐下，不得不低头。秋剑雄杀人的手段更加残忍，铁丝捆住手脚，让马拖着，在山路上疾跑，在荆棘中硬拖，奄奄一息了还要放在石头上日晒雨淋。

　　与木先易一对一，他知道自己不是木先易的对手。他想设计一个马失前蹄，让木先易来个意外死亡。

　　人最怕的是被人暗算，特别是被最亲近最信任的人暗算，让人防不胜防。他们从临县回来的路上是很顺利的，王朝华又是一反常态，判若两人，一路有说有笑，木先易不知道王朝华此时是笑里藏着真刀，要对他暗下毒手。

　　王朝华除了有相好外，在弋家寨还认识个女人。女人是弋家寨人，长得鲜艳，像深海里的鱼，眼睛像口深井，走起路来屁股一甩一甩的，腰杆晃悠着，很迷人。她丈夫是尚国伍的手下，王朝华的把兄弟，在尚国伍和官府的一次火并中被枪杀。

　　丈夫死后，女人带着儿子回了弋家寨，王朝华便安排她给弟兄们做饭，王朝华对她很是照顾。

　　一次在弋家寨歇脚时，女人被木先易看上，但他不好意思表露出来，怕影响自己的名声，也怕影响自己和王朝华的关系，只好忍受着内心那份渴望，但那双眼睛还是时不时地在女人身上梭来梭去。

　　从临县回来后，木先易的眼神还在做饭的女人身上游荡，好像女人身上有千万条丝线牵扯着木先易的眼睛。王朝华看穿了木先易的心思，心里虽不是滋味，但还是强装笑颜，他想：不如利用木先易的欲望把木先易杀了。

这念头一跳出来，让他豁然开朗。

于是，王朝华开始实施他的方案。

他怕女人害怕，坏事，事先没给女人说，只悄悄逗着女人的耳朵说："今晚老地方，我在那等你。"

女人没有多想，那个地方她去过，是王朝华带去的。

窝棚是搭建在弋家寨长箐箐林中的一个山岗上，后面是崖壁，前面是森林中缓缓的斜坡，浓密的草丛半腰深；一条长不出草的小道上铺着些金黄的松针碎叶，像一条通向天堂的金光大道，踩在上面像踩在云朵上，软绵绵的，十分舒坦。

去窝棚要从林中小道穿过，窝棚搭在这里，是王朝华经过多方考虑的，只要守住前面这条小道就行，后面的悬崖根本不用管。

晚上吃饭时，王朝华对木先易说："今晚给大哥一个惊喜，来点刺激的。"木先易心领神会，不用多问，他知道王朝华会给他期望的，所以在吃饭时，木先易兴奋地喝着酒，感觉只有多喝酒才能好做事。

王朝华没让他喝醉，喝醉了就去不了窝棚，就实施不了他的计划。

见喝得差不多了，王朝华带着木先易骑马来到窝棚的山下。木先易虽然腿有点跛，但此时爬起坡来把王朝华都甩在了身后，他迫不及待地走进窝棚。王朝华的确没有让他失望，只是窝棚内的女人带着一脸惊恐和茫然。

女人想拒绝，但她不敢。

她知道这是王朝华的老大，他也知道自己不从带来的恶果。

木先易多喝了些酒，但没醉。他在喜欢的女人面前，热烈而奔放着，一切都沉浸在亢奋之中，也至于有个人影摸进了窝棚他都不知道。

人影先对木先易的后脑重重一击,木先易像过度兴奋似的仰着脸,嘴巴张大着没有合拢。

女人感觉木先易没了动静,睁眼一看,从窝棚外透进来的朦胧星光下,木先易脸上似乎带着微笑。

女人惊得把木先易推开,迅速爬了起来,她刚想喊叫,一双大手从后面伸过来把她嘴巴捂住,小声命她赶快出去在棚外等他。

女人失魂落魄般走出窝棚,凭直觉,她知道捂嘴的人是谁。她害怕得站都站不稳,都是上身拖着双腿,跟跟跄跄的。她站在棚外不远处,扶着一棵松树大口大口地喘着粗气。

女人走出窝棚后,人影又从荷包里扯出了个密闭的袋子,向木先易的头上套去,并把两头的带子拉拢扎紧。这还不算,他还把两只手合拢起来死死卡住木先易的脖颈半天。

木先易是趴着的,两手无力地刨着床铺,脚无力地往后蹬了蹬,是滑的,随后身子像泄了气的皮球瘪了下去,渐渐地没了动静。

十八

木先易死在窝棚里的事是在第二天上午才发现的。

第二天早上吃早餐的时候,和他们一起去临县参加年会的随从没有看到木先易,就着急地四处寻找,但房前屋角都找遍了,始终都没有看到木先易的身影。

随从马上向王朝华报告，王朝华才从床上揉揉眼起床，一副哈欠连天的样子，睡眼惺忪的，问是怎么回事。

随从说，一早上都没看到木先易，问王朝华知不知道他去了哪里。王朝华说："昨晚我安排去窝棚里睡了，你们去那看看。"

随从和王朝华的几个小弟兄忙策马跑去山上，窝棚用草和树枝扎成的门歪在一旁，像是这里发生一切的见证者。

随从弓身走了进去，映入眼帘的是一个赤身裸体的男人趴在简陋的床边上，占着整个床的三分之一，两只手还紧握着一把干枯的草，那是垫在草席子下的，半新不旧的床单被揉得皱巴巴的，被当作枕头的旧棉被没有打开，只有中间有个头大的凹陷。

随从大着胆子翻开一动不动的男人，男人的脸还兴奋地笑着，嘴巴张着，舌头像皮菜叶子挂在嘴上，睁大的眼睛好像在望着天，表达着舌头说不出的话。

随从和几个人迅速折转身，小跑着回去向王朝华报告，王朝华一听满脸惊诧，忙吩咐不许任何人声张。随后忙跟着众人往窝棚跑，让来人把床单和那床棉被盖在木先易的身上，五六个人七手八脚地把木先易抬出了窝棚。

离窝棚六七百米的地方是大路，右边往王家院子，左边往望山屯，大家看向王朝华，似乎在问往哪边走。王朝华很悲痛地往望山屯一指，又上来几个人伸着手托着木先易的尸体一路小跑。

王朝华赶紧喊人牵来马匹，他要先去屯上报信。

木先易一死，屯上乱成一锅粥，他的手下这些喽啰有逃难来的、有当兵跑回来的，有被官府所逼走投无路来的，此时都六神无主。只有那个像师爷一样的老人神色肃穆，不急不躁，像个大管家一样安排人去买上好的棺木，把圈里关着的猪和羊全部宰杀。大家像吃散伙饭，又像是送木先易最后一程。

木先易没有隆重的丧事，第二天就被手下抬上山，草草掩埋了。

木先易一死，师爷便把剩下的钱物公开分散给大家，跟随木先易闯荡的山民便各奔前程。

王朝华不敢在弋家寨多留，举家搬去临县死心塌地地跟随了尚国伍。

木先易死后，抵抗熊进山的力量几乎没有了。熊进山知道秋剑雄心有不甘，但对他的威胁只是小菜一碟，他根本没有放在心上。秋剑雄两家独大的愿望没有实现，相反，他被熊进山收编成了名副其实的手下，流坝镇的天下真正属于熊家的了。

熊进山把秋剑雄收编，名正言顺地往秋家寨派去了人马，秋家寨此时真正成了熊进山的一个据点，但还是秋剑雄在寨子替熊进山管理，但秋剑雄不像往常那样什么都能够做主了。

秋剑雄的心情没有因为除掉木先易而畅快，他想，如果不是木先易插上一手，他也不会落得今天这个下场。想来想去，他把所有的罪过归咎在杨家姑娘杨颖身上，于是便开始肆无忌惮地实施他的计划，从鬼鬼祟祟变得明目张胆起来。

岩上的杨家在木先易的庇护下平安了几年。

木先易死的消息传到岩上，杨家人惊惊惶惶的，特别是杨少清看着女儿成熟饱满的身体，整天提心吊胆。

杨少清每当看到女儿收拾打扮，心里就莫明地烦躁。

真是怕哪样来哪样，一天下午，秋剑雄在来到岩上，径直到了杨少清家院里，他没有拐弯抹角，直截了当强横霸道地说要纳杨颖为妾。杨少清虽怒火中烧，但仍强装笑脸，平静地哀求道："女儿还小，求求您高抬贵手，等两年再说吧。"

杨颖看不惯秋剑雄的恶行，如果真让自己做了他的妾，自己不如死了算。

秋剑雄此行没有达到目的，很不快地走了，走时丢下一句话："这次是来告之你们一下，我还会再来的，但不会空手回去。"

这赤裸裸的威胁让杨家心生恐惧，又有了逃离此地的想法。

大了的杨健明和杨老爹两兄弟心有不甘，不想妥协，他们想一不做二不休干脆悄悄把秋剑雄给杀了，但杨少清、杨少明不同意，因为能否杀了秋剑雄是个问题，如果杀不了，会把杨家逼入绝境。就算杀得了，秋剑雄的余党、熊家也不放过杨家。

杨家商量去商量来，没有商量出一个好的办法。最后杨健明出了个主意，让杨老爹先带妹妹外逃，待重新找到了安居的地方，再通知家人搬过去。杨少清、杨少明没有反对，算是默许。

但，悲剧还是在逃跑中发生了。

十九

杨健明出主意让杨老爹偷偷带杨颖外逃，在外找到落脚的地方后，大家再搬过去。可杨颖就不想离开岩上，不知她是舍不得离开父母，还是舍不得离别的什么。再说又往哪逃呢？

大半个中国都差不多被日本占了，她还能逃往哪儿？

这时她才真正体会到爷爷经常说过的话："有国才有家，国安家才稳。国若不强，家将无所居，只能在路上颠沛流离，过一天算一天了。"

哥哥说，先逃出这个地方，再去找一个十多年前的这种地方，边远偏僻，没有人烟，没有欺凌，没有压迫，也没有剥削。

但是，这种地方能找到吗？她在想：他们即使逃得出去，也难逃如岩上的命运。

岩上村和三公里左右的秋家寨遥相对望，中间隔一条长长的山谷，谷内怪石嶙峋，像河水一样倾泻到下方的北盘江岸。

北盘江，为珠江流域西江上源红水河的大支流，发源于云南省沾益县乌蒙山脉马雄山西北麓，流经云南、贵州两省，多处为滇黔界河，至双江口注入红水河左岸，与一路穿峡而来的乌江流域，在乌蒙山与苗岭山脉的衔接地带深处，形成了"两域戏万山"的岩上风光。

岩上村就是从秋家寨下面的河谷向右上方的山巅缓缓延伸，寨子像修在岩石上的长城，让本来伟岸的崖壁更加雄奇。

进寨的路只有一条，寨门设在河谷岸边的一个豁口狭窄处，将两边相隔不远的岩石连在一起，寨门就形成了个一夫当关的关卡。

寨门的右边是缓缓而下的山石坡坎，再往下就是河谷的尽头，跨过河谷再往下就是北盘江的河岸。

秋家寨成为窗子洞的据点后，平时，屯上的土匪只有十来个人把守，他们主要任务是收租筹粮，再人背马驮送去窗子洞，其余的人都被喊去窗子洞守洞去了。

秋剑雄成了熊进山的老二后，没有了往日的雄气，但却增添了不少暴戾。因为他伤了人、杀了人，有后台的熊进山撑腰。

以前收来的租子是寨子独有，现在只能留存三分之一。有时，熊进山还要临时安排征收任务，秋剑雄就借机变本加厉征收，压得岩上的人气都喘不过来。

以前是三足鼎立的局面，他的梦想是不断发展壮大自己，赶走木先易，吞并熊进山，自己当老大。现在，他的梦想和希望破灭，就像暴晒在烈日下的花朵，萎靡不振了。

人，就靠一口气一个神活着。神，就是一个人的追求和梦想。这种追求和梦想与人的学识、眼界和经历密不可分。有些人因为学识，或者眼界或者经历超越了常人，他们看到了常人看不到的天地，感知到一般人感知不到的未来。因此，他们把心忧百姓作为最高的精神境界，先天下之忧而忧，后天下之乐而乐，即使面对死亡也无怨无悔；而有些人，只看到自己眼前狭小的利益，没有把自己和国家的命运、民族的利益联系在一起，眼界只有自己面前的一亩三分地，他们自私自利，以安逸享受为本，以欺压百姓为乐，这种人对死亡非常恐惧。

秋剑雄属于后者，他当不成老大，实现不了他的梦想，所以整日喝酒浇愁，以烧杀抢掠为乐。

面对秋剑雄的直言警告，杨老爹见劝不走杨颖，只好拉下脸说那只有顺从秋剑雄，才能保家人平安。

杨老爹刚一出口，杨颖就坚决摇头拒绝。这时，她不得不把和王小可私订终身的事说了出来。

杨老爹这下才反应过来，怪不得王小可这几日天天往这里来，还积极表现出支持和秋剑雄干到底的勇气。

杨颖和王小可私订终身的事瞒住了两家父母。

那么要让杨颖逃，只能请王小可做工作了。

看到杨颖对自己如此痴情，为了不让心爱的女人被别人抢走，也为了能够和喜欢的人厮守一起，王小可准备和杨颖一起逃走。

但是王小可不是想走就能走的，因为他家只有他一个儿子，父母怕有个三长两短，把他当金元宝捧着。

父母经不住王小可的威逼，无奈地答应了。

杨家和王家分别为两个孩子暗暗收拾行囊，两人像刚出巢的雀鸟第一次离开家，只顾能够在一起的欢快而不顾此行的凶险。

可是他们刚离开寨门不久,就被秋家的喽啰追赶得上气不接下气地跑了回来。

原来杨家已被秋剑雄派人暗中监视,追赶的土匪离寨门不远就放慢了脚步,一些土匪已回转身跑回屯上报信。

或许是当时秋剑雄没有在屯上而去了窗子洞,也或许是当时屯上没有多少土匪,当天没有看到土匪的影子。

第二天下午,怕热的太阳才躲到对面的山后,二十来个土匪像一阵风卷起尘土朝寨门扑来,还时不时地朝天空放枪。

一起守护寨门的杨王两家二十多人,一看这阵势,有些吓得瘫软在地,有些悄悄溜了。王家也把王小可生拉硬扯拽拖走了,最后只剩下杨老爹和父亲以及叔叔杨少清一家共六个人。

杨少清预感到今天可能会凶多吉少,他把老婆、弟媳和女儿先喊在一边,吩咐她们赶快回家躲躲,无论这里面发生了什么都不要下来。他也劝大哥杨少明赶快把杨健明带走,以免造成不必要的伤亡。

杨少明没同意,他说打虎还需亲兄弟,上阵必须父子兵,这个时候如果抛开了兄弟,将来还有何面目苟活人世,也无脸去见去世了的父母。

杨少清见劝不了大哥,就以死相逼,他说:"劝大哥离开不是置身事外什么都不管,如果我有什么不测,家里的事就全靠大哥照应了。"

无论杨少清怎么说,杨少明死活不肯离开。

见说服不了大哥,他又劝说侄儿杨健明,杨健明也坚决不从。因为杨健明和杨老爹感情甚笃,两个像穿一条裤子,出进如同一人,连吃饭都黏在一起。

一切劝说无效,杨少清只好喊杨老爹、杨健明去屋里端来猎枪,拿来装满火药的葫芦和装着铁沙的布袋。

猎枪虽然填火药和装铁沙有点慢，但杀伤面积大，杨少清和杨少明商量说，不到万不得已千万不要放枪。

土匪是叫着跑着来的，"呜啊呜"的，好像很兴奋，遇到坎就跳，滚倒又爬起来，爬起来又跑，直到离寨门口不远才放慢脚步。

其中一个土匪气势汹汹地喊话："要么乖乖把人交来、要不我们就打过来，到时死了人、伤了人莫怪。"

杨少清回答："女儿已经有了人家，请别勉为其难。"话虽然不卑不亢，有礼有节，但缺少气势。

土匪接着道："愿不愿意都要人，从不从都得从。"土匪要人的态度蛮横强硬。

杨少清继续道："什么都要讲一个理，你们这个理是王法的哪一条？"

这时，一个土匪跳了出来："在这块地盘上，我们秋家就是王法，我们屯主就是公理，少废话，交人！"

话音才落，刚才喊话的那个土匪抬手朝寨门放了一枪，显然对方是在警告，还不想伤人。

躲在寨门旁边一户人家里的杨颖听到枪声，害怕父亲、大伯和几个哥哥为了自己出事，让她伤心的是在这关键时刻，王小可却抛弃了她，让她万念俱灰，就不顾父亲的吩咐跑出来冲向寨门。

一土匪见杨颖跑了出来，忙挤到队伍前头，慌不择语地用右手指着杨颖："是她，是她，就是她。"

这些土匪在屯上虽然听说杨家女儿漂亮，但有些还没有真正见过真容，现在近距离地看到杨颖。一米七左右的个子，模样俊俏得迷人，一条大辫子垂到屁股上边晃来晃去，众匪的双眼也跟着摇摇晃晃，把眼睛都晃晕了，一个个脸上泛着红红的亮光。

来到寨口的杨颖看到如此阵仗，此时抱着一死的决心，想以此来报复王小可的负心。只见她从容不迫地用身体挡在家人和土匪之间，两手孑开："你们还有个天理没有？再逼我就立马死在这里。"说罢，右手缩进衣袖，掏出了一把从邻居家带出藏在身上闪着亮光的剪刀，不由分说地指向自己胸口。

刚才放枪的土匪见状，大踏步地走了过来，边走边头也不回地把手中的枪丢给身后的土匪，看样子是个小头目。

见土匪向自己走来，杨颖没有退缩，相反把剪刀抵紧了自己的胸口，咬着牙仰着脸迎了上去，一副视死如归之状。

此时，只见过来的土匪以迅雷不及掩耳之势把腾出的右手迅速伸向杨颖，左手快速伸向剪刀，捉住杨颖的右手倏然往腋下一缩，才一眨眼工夫就把杨颖抃住，随后斜着身子横抱着杨颖退回，身后瞬间爆发出一阵粗鲁的淫笑。

这时，杨颖手中的剪刀落了地，没有了武器，她就用双脚乱踢，双手向横抱住她的土匪乱打乱搯，嘴也不停地咬向土匪的肩胛。疼痛使土匪龇牙咧嘴，负痛的手一松，杨颖旋即落在了石头上，顿时头部鲜血直流。

土匪见杨颖落了地，反脸一看，想重新抓起，可是感觉她像没了气。土匪用脚踢了踢，见还是没动静，但杨颖被踢下了石埂，坎有一米多高，下面全是坚硬的乱石。

被踢下石埂的杨颖，闷哼了一声，头部动了一下，脸歪向一侧，嘴里吐出一摊污物，随即嘴角渗出一缕鲜血，头一歪，就没了气。

看着女儿眨眼之间就没了，杨少清气血上涌，瑟瑟发抖的手指扣动了枪的扳机，只听"轰"的一声，站在前面的几个土匪应声倒下。

枪声像战斗的号角，土匪虽然众多，但没有几杆枪，也没带多少子弹，不要命的没有几个。

杨少清的枪一响，大哥杨少明像得了命令，迅即也扣动了扳机，几名欲扑上来的土匪应声倒下，疼得在地上翻滚着哇哇大叫。

土匪见动了真格，胆小的往后缩悄悄溜了，几个持枪的立即跳下坎，借助石坎掩护，向寨口射击。

杨少清、杨少明边向枪管筑药填弹边还击，动作虽快，但却快不过土匪的枪。

在他们装药填弹的当儿，有几个土匪想冲上来，就被躲在寨门挡墙后的杨老爹、杨健明几兄弟用石头一顿乱砸，吓得退回去。

趁土匪还未回过神来，杨少清一把拽过杨健明，吩咐他赶快和杨老爹逃走。

杨健明不从，要誓死和土匪干到底，杨少清老泪纵横，把两个孩子搂在一起，抒了这个的头，又摸了那个的脸："留得青山在，不怕没柴烧。君子报仇，十年不晚。如果你们不听，我就立马死在你们眼前。"

杨老爹看到了父亲的绝望，他把想说的话埋在了心里，一把抓住杨健明的手，迅速从寨子侧门一跃，就跳下山坡，向河岸奔去。

见两个孩子走了，杨少清、杨少明便没有了心理负担，兄弟俩你一枪我一枪地放着，总共开了十来枪的样子，铁沙就没了。剩下的火药又不顶用，只得操起马刀和木棍与土匪短兵相接，最后寡不敌众，两兄弟相继死于土匪的乱刀之下。

杨健明和杨老爹跳下坎后，像山里的云雀，几个飞跃，便消失得无影无踪。

躲在山后的太阳不忍心看这惨烈的场面，迅速把头深深地埋下山去。

杨健明和杨老爹逃到河岸边,然而横在他们面前的却是波涛汹涌的北盘江。

二十

根据王老八的出生年月,杨老爹推算了下,说明天停一天,后天就可以出殡上山。

可是,正当这边紧锣密鼓准备丧事的时候,一个满脸横肉的年轻汉子来到了王老八家。

来人朝堂屋里张望了会儿,就把王大八叫了出去。

来人不是别人,正是镇上"永乐长冥"公司代理人,人们背后称为发死人财的黄六汉。

寨上的人见黄六汉来者不善,敢怒不敢言,只能悄悄用恨恨的眼神斜睨着他。

黄六汉指着王大八警告道:"你父亲的丧事只能由'永乐长冥'公司承办,任何人不得插手,否则你家做事不得安宁。"

王大八战战兢兢听后,急急跑去里屋,搓着双手、弯着腰,低声细语地把事情向杨老爹禀报。杨老爹一听,就知道这伙人又来掺和了,但"强龙难压地头蛇",只好悻悻地离开。

杨老爹是王小蛋送走的,一路上,王小蛋无奈地说:"不是说张前去城里了吗?他们怎么会知道得这么早啊?"

"永乐长冥"公司一插足把杨老爹赶走,就迫不及待地对王老八的丧事谋划起来,所有的事都是张前和王大八谈。

张前把王老八的生辰八字、死亡时间和孝家子孙的出生年月重新排了一下，说至少要在家停放八天，第九天才能出殡上山。

张前虽然是杨老爹的大徒弟，但自从被"永乐长冥"公司收买后，和师父杨老爹便变得生分起来。

此前，他和杨老爹配合得非常默契，杨老爹也放心放手让他干。每次做丧事，杨老爹都是在一个清静的地方休息，要么看看书，或者和几个合心的人摆摆龙门阵，要么躺在一张收拾得还算干净的床上闭目养神，张前遇到拿不准的地方才来请示他。

杨老爹给人做丧事从不收钱，但事情结束后，主家会送来鸡呀、猪头猪脚呀、酒呀、羊腿之类的向他表示感谢。杨老爹收到这些礼物，从不独食，再说他不爱这些东西。

每当他收到这些礼物，都会把徒弟们喊来，让他们动手做好，大家在他的屋里边吃边聊，有说有笑，其乐融融。

平时，张前无事可做，有事他也不想做。因为他父母已经去世，一个姐姐已远嫁他乡，大哥已成家立业，他是一人吃饱，全家不饿。大部分的生活靠他自己解决，一部分靠他和杨老爹做事。但事情不是时时有做，这使张前的生活经常无着落。张前整天跟着杨老爹做事，自己出力最多，又没多少油水，便逐渐心生不满。

即使不满，他也得忍着。因为在岩上，在丧事上，是杨老爹说了算，张前根本算不了什么。村人只找杨老爹，从不找张前，从不把张前放在眼里。

村人对他这种不屑一顾的嘴脸深深打击了他的自尊。他想，有朝一日自己做主，要村人十倍返还。

嫉妒像魔鬼一样驱使着他，听说镇上成立了"永乐长冥"公司，要高薪找一个丧事主事后，他背着杨老爹悄悄地加了盟。

公司为了留住他这样的人才，给他的待遇可谓非常优厚：每一场丧事除按百分之十五的提成给他外,每个科目的红包分给他一半。

张前加入"永乐长冥"公司,杨老爹开始不以为然,总觉得他的水平还不至于另立门户。等张前独立自主轰轰烈烈开干起来的时候,杨老爹才感觉这小子城府之深、本事之大,平时有点小看他了。

张前在公司找到了他的自尊和价值,公司里的人平时都叫他先生,这在村人面前是从来就没有过的待遇。最主要的是公司董事长吴娃还时不时带他去县城打打牙祭,当然泡录像厅、洗桑拿浴是家常便饭。

为了回报公司,报答吴娃,张前拼命为公司干事业,全然把乡情、亲情抛在脑后,当然更不念什么师徒之情了。

虽然张前人生观扭曲,但他对办丧事程序还是一丝不苟,他怕哪做得不合步骤,哪违反了祖师爷的规定,自己会遭反噬。他主要的目的就是最大限度地延长丧期、增加科目,好为公司赚钱,自己也好拿提成。

张前把王老八的丧事日程定了后,王家三兄弟没有言语,也不敢言语,只说一切由"永乐长冥"公司做主。

张前接着道:"在这几天里怎么做,我提供一个方案供你们参考。"

张前说:"总得伴三堂灵,过一堂殿、念三天经、立一次幡、开一个天门,最后开路,你们看看行不?"

最后他特别强调,别忘了每个科目的红包,要用红纸封好。

二十一

杨老爹和杨健明奔逃到河岸洞边,洞口张着黑黑的大嘴,冒着热气。这个洞他俩并不陌生,两年前他俩好奇地寻宝钻过,但那时他们没有深入,究竟洞有多深、多远,他们不知道。这时,他俩想先进洞躲躲再说。

杨老爹领头走在前面,他俩一前一后,撅着屁股像张犁往前耙。他俩爬呀爬,好像看到了一缕光,像手电筒的光柱,但比手电筒的光还要白。杨老爹明白,那是外面的自然光照射进来,那儿应该有个通往外面的洞口,于是就向亮光爬去。

原来那是个很小的洞口,被四周的枯草、荆棘覆盖着,杨老爹爬在前面,两手不停地把口子周围的干草扯掉,把卡在洞口的石头往外推开,能够听到石头滚下河岸的声音,最后还听到岩石落入水中的叮咚声和沉闷音。

慢慢地,洞口被杨老爹扒大了,像篮球那么大。杨老爹把头先伸出去,随后用胳膊向左右拱了拱,两边的泥土低低切切地避开,连那些在洞口带棘的小灌木也给杨老爹让路。

杨老爹上身钻出洞口,两手牢牢地抓住洞壁,探着头往下看,河水急急的,有轰隆隆的声音传来。再仰头往上看,透过枝叶繁茂的灌木丛,可以看到蓝蓝的天空被灌木分割成一个个不规则的小镜片,在向他们投来亮光。

杨老爹把抓着洞壁的手直立起来,变成两根小柱子支撑着身子,随后腰杆伸直,像条昂起头来的蛇;他再把手往前移了移,找准洞外的抓处,像青蛙一样一跃就出了洞口。

洞内的杨健明看到杨老爹出了洞口,在杨老爹的招呼下,他学着杨老爹的样子也出了洞口。

他俩蹲在出口旁边的岩石后面,小心翼翼地观察着四周。这时,他们看到了不远处的河岸边有一艘小船,随着水的波浪荡来荡去,波浪托着小船一荡一荡的,拍打着河岸发出噼啪噼啪之声。

他俩不约而同地用手遮住眉头,往身后的峭壁望去,发现从上面垂下来条绳梯,风一吹,绳梯在空中摇来摇去,拍打在石壁上,嗒嗒嗒地响。再仔细一看,原来这是秋家寨的后面,那绳梯是土匪从屯上放下的梯子。

他俩怕被土匪发现,又悄悄地返身退回洞里,再把洞口的树枝拉来把洞口盖严实,他俩不敢轻易露面了。

他俩开始是想钻进洞内躲藏一阵再见机行事,当发现岸边有小船后,就谋划着如何渡向对岸。

天渐渐黑了,他俩肚子饿得叽里咕噜叫,睡意全被饥饿赶跑,幸好洞里冒着热气,不冷。

他俩在洞口背对着洞壁干坐着,两只眼睛透过盖在洞口外的树枝看见水淋淋的月光哗哗地倾泻过来,洞外树影绰绰,虫子声音此起彼伏,像另外一个世界。

他俩在困顿中迷迷糊糊地睡着了,睡着睡着,杨健明一个趔趄惊醒了。他看向洞内,黑漆漆的,有点怕,身子不由自主向杨老爹依偎过去,他这一弄,把杨老爹也弄醒了。杨老爹打了个哈欠,伸了个懒腰,又瞅了瞅洞外,这时一颗流星带着尾巴划过夜空,杨老爹自言自语地说启明星已拉开天幕,天马上要亮了。

黎明前夕,月亮怕太阳吸去自己的光亮,疲惫地收起吝啬的光,悄悄休息去了。不一会儿,就有亮光照到他俩的坐处。看到亮光,杨老爹先起身拍拍屁股,走到洞口向外张望,只见天边有鱼肚白露了出来。这时，杨老爹把杨健明唤了过来："走，天马上要亮了，我们再出去看看。"

他俩如前一样，悄悄爬出洞口，洞外有点冷，两人有点发抖，他俩顾不得寒冷，借着黎明前的微光悄悄摸索着来到船边。

船不大，能容纳四五个人，但被铁链拴着，铁链被一把大锁锁在岸边的石缝里。

没有钥匙打不开锁，但锁锁不住有办法的人。

杨老爹家也有锁，但没这把大，家里的钥匙每人都有一把，杨老爹经常把家里的钥匙用一根麻绳拴着，随时吊在脖颈上。

他把身上的钥匙掏下来，插进锁孔，插不进，钥匙虽然口面短，但显得有点厚。杨老爹便把钥匙面放在身边的石头上磨了磨，钥匙短小，使不上劲，磨了半天，还是插不进。这时天已放亮，他俩怕被屯上的土匪发现，又悄悄退回洞口。

回到洞中，杨老爹就专心磨起钥匙来，但肚子实在太饿，力不从心，磨不下去，怎么办呢？

杨老爹起身转了转，好像在想办法找吃的，洞中黑灯瞎火的，不好找。虽然有水，水里是否有鱼很难说，但即使有鱼，要想捉到似乎很难。

他想出洞口去找，让杨健明在洞内等他。临走时他说："如果天黑了还等不到我来，你就想办法赶快逃过河去，不要等我。"

说罢，杨老爹凭着记忆，返回到进来时的入口处，潜伏着细听了一会儿，感觉没人，就蹑手蹑脚往高处爬去。

他弯腰躬身，怕被人发现，爬一段歇一段。

他佝偻着爬到离寨子不远的山脚，看到地里种有洋芋，已经一拃多高，开着白色或粉紫色的小花，小花无忧无虑地摇着头，看着杨老爹在笑。杨老爹没有心思和它笑，心想：一会儿我把你偷了,看你还笑不笑。

他真的要偷洋芋,但没有从洋芋的根部下手,而是向根部侧边的泥土刨去,不一会儿,一个个鹌鹑蛋般大的洋芋露了出来。他把穿在身上的衣服脱了下来铺开,把洋芋捡在上面,然后包扎好,扛在肩上,又悄悄地退回洞里。

杨老爹临爬出洞口时不说那样的话还不打紧,一说那些话,让杨健明心里有点紧张,心头直打鼓。他在洞中站也不是,坐也不是,眼睛一眨不眨地盯着杨老爹出去时的洞口,盼望着杨老爹赶快回来。

等着等着,杨老爹来了。看到杨老爹,他激动得心头颤抖,焦虑的心情才放松下来。

进洞后,杨老爹知道杨健明也饿恼火了,迅速把衣袋打开,选了几个鸡蛋般大的洋芋递给杨健明。

没有火,也不能生火。他俩啃食生洋芋,发觉有丝丝的甜味。吃了洋芋,喝了洞中的水,感觉力气在"滋滋滋"地冒了出来,刚把饥饿赶跑,随之困意又袭了上来,他俩又靠着洞壁打起盹来。

睡着睡着,杨健明又被洞口窸窸窣窣的声音惊醒,声音不大,但却听得真切,让杨健明心生恐惧,旋即赶跑了睡意,又向杨老爹偎去。杨老爹又被杨健明弄醒,他仔细一听,的确有吱吱嘎嘎的声音,是不是被土匪发现了?杨老爹屏住呼吸支起耳朵静听了会儿,又听不到了。杨老爹说莫怕,那是耗子过路。

他俩对视一眼,无声地笑着,小声地打着哈欠,月光如水,洋洋洒洒的,星星看着杨健明胆小的样子,眨巴着眼偷偷地笑。

他俩又吃了几个生洋芋,眼睛又瞅向洞外,感觉天快亮了。

这时,还是杨老爹领头爬在前边,他轻轻把盖住洞口的树枝扒开,两人一前一后出了洞,轻车熟路地来到船边。杨老爹把磨过的钥匙轻轻插入锁孔，凭感觉扒拉了几下，锁脚突然"嗒"的一声跳出了鞋，吓得杨老爹身边的杨健明一跳，随即两人惊喜起来。

杨老爹轻轻把跳出的锁脚移开，把铁链从石柱上绕开，从石缝里轻轻拉出。被拴着的船自由了，在摇摇晃晃地向他俩招手，他俩猫着腰迫不及待地跳上了船。

杨老爹站在船头，熟练地取下钉在船头船尾长长的竹篙，挂了一下河岸的岩石，这条小船像得到命令似的，快速地离开了河岸。

杨老爹没有划过船，但他看过划船。那是在屋后往东走的渡口，爷爷陈钦带他去对面县城赶集，是坐船过去的。在船上，他看到船工划船的样子，很是崇拜，把一招一式都记在了心里。

此时，记忆的潮水向他涌来，他一把一把地倒着竹篙，船头劈开河水，激起朵朵如雪浪花，像一条大鱼，斜着身子向对岸驶去。

眼看快到河岸，杨老爹握住竹篙尾，把竹篙头甩向对岸，找准岩石上的缝隙，头上的钩子牢牢地钩住缝隙处，杨老爹使劲一拉，小船就向岸靠去。

上了岸，杨老爹把船放入河中不管了。小船顿时如释重负，像没有了牵挂，在河中打了几个旋，似是感激杨老爹和杨健明的搭救之恩，便一步一磕头地消失不见了。

杨老爹和杨健明爬上河岸，借着晨曦的亮光，在草丛中躲藏着的若隐若现的小道上摸爬着，天才放亮，他俩就钻进了茫茫的大山中。

殊不知，他俩阴差阳错，却在大山中遇到了支神秘的军队。

二十二

这是一支精悍的小分队。

为了保障中央红军顺利挺进,总部从红三军团秘密抽调了三十名红军精英组成了一支小分队。

这支小分队装备精良,火力配备极强,并带有一部电台,一看就是执行特殊任务。

他们游离于红军总部侧翼,像红军总部的眼睛,注视着周围的一举一动。

领头的是个大高个,叫胡瑞明,湖南口音。他们穿的布鞋虽然大多破了边角,有些甚至鞋底穿了洞,但在外面又绑了双草鞋,小腿及其裤脚绑得严严实实,显得特别精神。

遵义会议期间,这支小分队已经提前潜伏在贵阳周边,他们犀利的眼睛像锐利的箭,密切地关注着贵阳周边动态。

红军佯攻贵阳时,他们暗中配合,秘密出击。

他们跟随红军总部的脚步,总部走他们走,总部歇,但他们没歇,他们在总部侧翼穿梭着,及时地将观察到的各种情况电告总部,为总部决策提供参考。

在贵州期间,由于国民党实施了严格的经济封锁,加上贵州本身的环境封闭和贫瘠,红军在贵州出现了严重的"食盐危机"。

应该说,在当时严峻的革命斗争环境下,中央红军一直处于物资短缺和供养困难的状态,经常因为缺盐而软腿、虚弱,甚至生病死亡。

事实上，从1934年10月离开苏区到12月进入贵州前夕，红军携带的食盐都用完了。为此，食盐是红军在贵州行军过程中迫在眉睫的问题。

小分队接到筹购食盐任务后，秘密奔袭赴安顺紫云、镇宁一带打击土豪劣绅，把他们的财物分给贫困百姓，把部分食盐秘密送往盘县交给红军总部。

农民见这支奇兵专打土豪劣绅和作恶土匪，就纷纷要求加入红军队伍，就连一些土匪也加入进来，使得小分队队伍不断壮大。于是，小分队又分成两个小组，一组送粮、食盐，一组继续担负总部的眼睛。

小分队走过之地，群众就在身后唱起了歌谣："红军到日子好，分了田地又分粮，土豪劣绅把头低，土匪夹起尾巴跑。"

除去盘县送盐的一组外，另一组红军又马不停蹄往毕节方向奔袭。

二十三

在王老八屋头，擦好的棺材黑得亮晶晶的，像一面黑漆漆的多棱镜，把屋内的人影尽收镜里。棺材上影影绰绰的，有点瘆人。

把棺木清洗好，帮忙的人就往里面铺起折好的长纸和打好的纸钱，再在头部位置处垫上一些黄纸，像枕头。

棺材像张密闭的床，这张床是王老八在世时为自己量身做的。在农村，儿女会为父母把这张床做好，父母过世时，儿女们都会把这张床铺得软软的,好让过世的亲人去阴间好好休息。

见棺材内铺垫好了,王大八抱住父亲的头,王小八抱住父亲的脚,其他亲戚抬起王老八的腰,把王老八平移到棺材边。棺木两边的人一起伸出手来,像几十根粗壮的麻绳把王老八吊入棺内。

这时张前扒开众人挤了过来,他用一根红线拴住一枚方口铜钱,由上而下对准王老八的鼻子,另用一根红线从棺头拉到棺尾反复调试居中后,再摆弄王老八的头,使王老八的鼻子与棺头、棺尾三点成一条线,随后吩咐用王老八穿过的衣物和纸钱把周边筑紧固定,王老八安详地躺在里面,像一个熟睡的老人。盖子像一个隧道的顶,盖上后,就像开启了王老八走向天堂的时空隧道。

接着,张前吩咐王大八找来四方桌和木斗,在斗里装上半升苞谷米,放在四方桌上,然后插上自己写好的灵牌,左右两边各点上一支蜡烛。紧接着把木板下的长明灯抬了过来,放在棺木的下边。

做好了这些,悲痛中的儿媳、女儿等一群人才从两边厢房掩面扑来,扶着棺材号啕痛哭。

在农村,有些人哭丧,孝家儿女淌出的是真情,其他陪哭的大多是哭自己生活的不幸、不顺,越哭越伤心,是自己受到的委屈太多,是痛恨别人对自己的关心不够。有些是假哭,做做样子,用口水代替泪水,以让孝家看出自己的诚心。

一切准备妥当后,张前说今天是第一天,先伴一堂灵。

伴灵(有些地方叫绕棺)是人们守灵的一种方式,伴灵的人要戴孝帕、披麻衣,孝子还要背着灵牌端着净水拿着引魂灵幡在前,其余披麻戴孝的孝男孝女在后。

所不同的是,以前孝帕是用白纸对角折成三角形,再把长边折三到四折，然后把两边捻成线，拉来围在头上拴牢即可。

而现在是用白布折成，呈漏斗状戴在头上，有点像太平天国兵士戴的头巾。

以前的披麻，是用一块长方形的麻布对折成一个坎肩，中间穿一根麻布条，两头拉来打结固定在肩上。

现在麻布不多见了，人们就用白布代替麻布。女的是用一绺白布对折，中间用一根白布条穿过打结，把上衣盖得严实，然后，男女都在腰部拴上一根反手搓成的稻草绳，就代表披麻了。

伴灵中，男女都手拄一根救苦竹杖，每绕一圈都要对着亡人磕三个头或作三次揖，算是依依惜别送行，又像是在求菩萨保佑去世的亲人在阴间的路上一路平安。

伴一堂灵要念完一本绕棺救苦科，大约需要两个小时。绕棺经四句为一首，每唱完一首，都要击一次锣、敲一次鼓、打一次绕钵。如：

求苦法中王，
地狱上天堂，
亡魂生净土，
早早往西方，
稽首礼，
东极妙严宫，
誓愿无穷，
救苦天尊随身应，
白玉瑞光中，
灵幡、灵幡绕绕符，
只听得，
符师口重重，

三十六狱,
九幽地狱,
尽皆空,
法中王,
资荐亡魂,
往西方。

众人每唱完一段,手持锣鼓绕钵的先生都要有节奏地敲打一次:

乓乓乓,
乓乓乓,
乓乓乓,
乓乓乓,
乓乓乓乓,
乓。

伴灵完,男孝子跪在门外棺材前烧纸钱,女孝子再次扶棺哭泣。

同时,来守夜的人开始唱孝歌,有些地方叫散千音,也是七字为一句,四句为一首,每唱完一首都要击一次鼓,以表达对过世者的思念,如:

吃了孝家一杯茶,
唱个孝歌还孝家。
亡人死了不要埋,
要等三亲六戚来。

寨邻六亲来到此，
一个一肩抬去埋。
埋在龙头得官做，
埋在龙尾出秀才。
龙头龙尾都埋起，
官和秀才一路来。

大约唱了个把小时，人们感觉晚了，就陆陆续续找地方休息去了。

但孝子要留下来守灵，不能让猫、狗、鸡等动物进灵堂，以免惊扰亡灵；不能让长明灯熄灭，以免亡人找不到归去的路；不能让香火熄灭，以免后人没人传宗接代。

伴灵结束，王大八看着沉沉的夜空，对王小八和王小蛋说："今晚我先顶着，明天事还多，你俩先去睡一会儿。"

王小八和王小蛋拖着疲惫的双腿，没有言语，只见他俩把孝衣孝帕取下抱在怀里，就钻入对面的厩楼上睡觉去了。

厩楼上堆满苞谷壳，已躺满了人，他俩找个角落躺下去。睡得正酣之际，就被人拽了起来："你哥找你们有急事，快点去。"来人把他俩拉醒，就风风火火地下厩楼去了。

王小八、王小蛋迅速起身，揉着眼睛下了厩楼，又把孝帽戴上、孝衣穿上，抬头望了望天空，太阳快要爬到顶了，直直地盯着他俩，好像在说他俩起得太晚了。

他俩望望四周，大哥找他俩到底有什么急事呢？

二十四

在农村有句老话："人死饭甑开。"意思是无论谁家只要老人过世，就要敞开甑子，酸菜豆汤苞谷饭，随吃。

有亲属问这八九天要吃些什么。王大八说："还是先确定管事吧，再和管事商量饭菜的事。"

其实管事不用找，寨里的张七就是很好的管事，他在寨里已是公认的了。他喊得动人，也敢吼人，谁家有事找他当管事，他都安排得妥妥帖帖。

张七也在王大八家帮忙着，只是还没得到王大八兄弟的授权，不好意思行使管事的权力。

王大八喊王小蛋把张七请进里屋，简单把事一说，张七便开口道："这事你们不急我都替你们急，这几天帮忙的要吃饭，吃些什么，正酒的天要做些什么菜，都得赶快拿主意。"

农村中老人过世是最大的事，这事在他人眼里很正常，他们只管来玩来吃，但孝家是很忙的，吃饭的事、灵堂里的事、守灵的事、抬老人上山安葬的事，都要孝家亲自落实。这些事落在谁的头上，都会被砸得晕头转向，有时是顾了这头而忘了那头，如果没有个好的管事，什么事都要孝家办理，很难忙得过来。

张七说："按以往经验，三四天的三四百就能解决，像你家这种要八九天，至少要准备个千把来块。"三兄弟平均每人至少要拿三百多出来，最后再一起结算。

三百，对三弟兄来说都比较难，张七把话一说，他们都各自去找门路借钱了。

村里人都穷，谁家也没有这么多闲钱搁在家里等着借，但小镇上有。

王大八和王小八找到担保人，每人在信用社借了三百块；王小蛋找不到人担保，信用社不借给他，急得王小蛋团团转。

张前见王小蛋借不到钱焦急万分的样子，就给他出主意："你虽然没人担保借钱，但你可以去借高利贷。"

"什么是高利贷？"王小蛋急切地问。

"高利贷无需担保，只需提供户口本就行。"

"那要找谁呢？"

张前见王小蛋心切的样子，就喊他去找镇上的吴娃，说是他介绍的就行。

王小蛋兴冲冲找到吴娃说明来意，吴娃半天没有吭声，眼睛像兔子眼骨碌碌转，心想：王小蛋到底还得了还不了呢？

想了想，一个计划在他心里暗暗滋生。

这王小蛋急用钱，他不知吴娃的心里在想什么，就一个劲求吴娃给他想想办法。

良久，吴娃才说："看在张前面子上，我想办法帮你贷点。"说罢，对身边的人耳语几句，身边人便转身出屋。

一会儿，出去的人提着个黑色塑料袋走了进来交给吴娃，吴娃又把塑料袋递给王小蛋："里面有四百，你点一下。"

"我只要三百，用不了四百。"

吴娃说贷四百才能得三百。也就是说有一百被作为了一年的利息，到第二年还款要按三百的总款来还。

王小蛋听不懂，听了半天还是云里雾里的，他想当务之急还是先把钱借到手再说。

二十五

杨老爹和杨健明逃到河的对岸后,他俩白天在大山里漫无目的地走,只有晚上才摸出大山。好歹他俩跟爷爷在山里打过猎,也学到一些过硬的捕猎本领和在大山里求生的技能,短暂地生活不成什么问题。

他们没有目标,不知要往哪走,他们逃走只是为了活命。

密林里的枯枝和树叶堆积得厚厚的,踩在上面像踩在松软的床垫上,湿浊气、花香气一阵阵涌来,太阳像射灯一样在密林中闪烁,他们捕获的野鸡、野兔只能在晚上转移到密林外烧烤。

他们烧烤的技术很简单,就是把野鸡或野兔杀死后在沟边或溪边洗净,从地里抠来黄泥巴,用溪水拌湿,敷在野鸡或野兔身上,像个硕大的马蜂窝。然后用木棒穿起放在支着木架的柴火上翻烤,待敷在野鸡或野兔身上的泥巴爆裂后,就取下来掰开泥巴,撕下里面鲜嫩的肉放在嘴里,好吃得很。

一天中午,他们在一个密林深处追捕一只野兔,无意中看到了些穿着朴素的年轻人分散在林间休息,看去衣衫褴褛,面黄肌瘦,但很有精神,特别是帽子上的五角星,令人感到十分温暖,给人一种奋进的力量。

尽管他俩隐秘在密林深处,但还是被发现了。

他俩被几个持枪人包抄着逼了出来。这时,从人群中走出个高大威武的军人,一米八的样子,膀大腰圆,称得上虎背熊腰,浓眉大眼生在方方正正的脸庞上,散发着锐利的光。

高大个向几个持枪人摆摆手,便走近上下打量他俩,半天不说话。杨老爹和杨健明没有惊慌,也不胆怯,因为他俩感觉这些人不像坏人。再说最坏的人已经见识过了,还怕什么?

几分钟后,高大个说话了:"你们来这干什么呀?"

一听口音,高大个不是本地人,杨老爹、杨健明便一五一十地把这几天的生死经历倒了出来。

高个子看他俩不像说谎,就问:"我们是红军,你俩愿意加入吗?"

红军是什么,他俩不懂。

高个子看他俩没回答,微笑着说:"加不加入没关系,但你们要宣传好,红军是一支专为穷人打天下的队伍。你们如果愿意加入,我们欢迎,如果不愿意,那就大路朝天各走一边。"

杨健明见高个子对他们说了这么多,胆子就大了起来:"那你们会为我们报仇吗?"

"当然会,不仅会为你们报仇,我们还会为千千万万的穷苦大众报仇,要让普天之下的穷人过上好日子。"

几句话把杨健明和杨老爹的心说沸腾了,杨健明说他想加入他们,他做梦都想有这么一支专为穷人打天下的队伍。

杨健明表态的时候,杨老爹不说话,他想,这虽然是一支好队伍,但他和杨健明只顾着逃,家里出了这么大的事,究竟怎么样了,一点也不知情。逃了这么多天,他有点想家了,他想回去偷偷看看父亲、看看大伯、看看家里的亲人。

他把想法说了出来,高大个没有反对,相反还积极鼓励他、支持他回去,让他回去后把村里的穷人团结起来,勇敢地和坏人作斗争,他说不久的将来,天下是劳苦大众的,是全中国人民自己的。

就这样,杨健明在密林中加入了这支为穷人打天下、为劳苦大众谋幸福的队伍。

后来才得知,这是支红军特别小分队,高大个是队长,叫胡瑞明,他们是从安顺转战毕节过来的,那时正在林中小憩。

杨老爹和杨健明分手是在一个河边,因为这支队伍要渡河东去,而杨老爹要向西回岩上。

临别时,杨老爹和杨健明相拥着久久不愿分开,高大个吩咐身边的人给杨老爹几个银圆做路费。看到他们这么穷,杨老爹不敢要,杨健明拉着杨老爹的手:"收下吧,路途遥远,权当是我借给你的,我会还给他们。"

杨老爹接下银圆,便一步三回头地爬向山峰,渐渐地成了山腰飞翔的一只鹰,过一会儿又成了山上站着的一只鸟,再过一会儿就只看到一个黑点,最后不见身影。

令杨老爹想不到的是,他俩这一别,将来还会在一次战斗中相会。

二十六

王大八、王小八、王小蛋三兄弟把钱交给管事,有关吃喝的问题就由管事张罗去了,兄弟三就安心把心思放在了守灵堂和待客上。一天下来,膝盖跪得酸麻麻的,加之熬夜,整天浑浑噩噩,如在梦里。

办一场丧事,烟一刻不能断,档次也不能太低,发转转眼,帮忙的人会认为主家小气,发包包烟又发不起,主人家只好把烟撕散放果盘里,摆在明显的桌上或凳上,让帮忙的坐夜的人随时拿来吸。即使这样,十条烟一天下来也告急。为此,这几天管事专门安排了几个小管事，负责拿烟、管酒、喊饭。

在吃的方面，全寨男女老少齐上阵，一边帮忙一边吃。因为没有到正酒席，吃得随意，四菜一汤，小炒肉、炒洋芋、烩豆烫、菜豆腐。

到第四天，张前就给管事的说，赶快安排人去砍竹子、锯木条，今天把禁门扎了，明天一早好取水，然后念经。

禁门，其实也没什么，就是禁止吃荤的人和喝酒的人进去，按张前的说法是因为要请的菩萨闻不得酒，也嗅不得荤。所以有要事进去，得先打个素堂，就是用素碗打一碗水，夹个炭火放碗里，进去的人喝一小口漱漱嘴，用指尖沾一点点搓搓手就行。

来的客人要跪拜，只能在禁门外行礼。因为禁门的中间放有去世者的照片，来吊唁的人对着照片叩拜就可以了。

扎禁门虽是简单活儿，但有些费时。

张前简要地画个草图给寨里来帮忙的木匠，木匠拿起草图，就去依葫芦画瓢去了。

他们把长短二十六根木条用锤子钉牢在门的两侧，两边各留一道小门进出，之后再在中间留一个窗口，把亡人照片镶在上面。照片下用胶水粘上一些松柏树枝或一些花草。门的两边写上一副对联以作纪念，如"此别难见亲人面，但愿天堂处处春"之类。

见扎好禁门，张前把太上老君、灵宝天尊、元始天尊、降生天尊、救苦天尊、玉皇大帝等诸多大神一一请来，把他们的神像从堂屋顶上悬挂下来，布在灵堂上空，整个灵堂显出一派庄严肃穆的神秘之气。

请来了诸位大神后，就接着请水洒净。

因为请水很讲究，要请无根之水、无荤腥之水、当天最新鲜之水。去请水的人中，要按辈分排列，披麻戴孝，时辰钟点等都要把握好，甚为严肃。在取水的路上，要一路燃放炮仗，扬撒纸钱。

他们取的水在寨子下的旮旯里，一行人敲锣打鼓唱唱跳跳地来到取水处，张前吩咐撑开黑伞遮住盛水桶，然后才念起土地神咒：

> 此间土地，
> 神之最灵，
> 通天达地，
> 出幽入冥，
> 为吾传咒，
> 不得留停，
> 有功之日，
> 名书上清。

抑扬顿挫地把咒念完，接着默然地画了道"瞾"符贴在井边，喊随行年纪大的老人点燃两支红香烛插上，随后就用带来的瓢舀取背阳处的活水放在桶内。

取了水后，他们没有走回头路，而是跟在张前的身后，由他带着大家从屋后的山上绕下来，回到灵堂。

取来的水用法也挺讲究，前桶的水用来洒经堂，后桶的水用来做饭给念经的人吃。

张前把请来的水洒在经堂里的旮旮角角，然后才开始念经。

念经，传说是超度亡人渡过苦痛之海，到无苦难的境地。据说经越念得多，越能减少亡人在途中的痛苦。

要念的经文很多，有高上玉皇本行集经、大洞经、大乘经、救苦经、观音经、三光经、五斗经、皇庭内景经、血河经、灶王经等十二卷,一卷经书要念近两个小时。

他们不是一个人念,"永乐长冥"公司里除张前外,还有好几位会做丧事的人,只是没张前精通。他们几位互相监督和协助,在念经上都是轮流念。

念经时,孝子要面对香案跪着,念经人手敲木鱼,声音像鸡啄米。对于念错的字,据说木鱼会吞下更正,每念到一个"经"字,经堂前跪着的孝子都要对着香案作一次揖。

二十七

杨老爹有了几块银圆的底气,心情格外开朗,似乎劲头更足了,遇到空旷之地,还不时来个小跑,把前些日子遇到的不快暂时抛在了脑后。

杨老爹站在山顶大致辨别了家乡方向,就钻进大山里穿梭前行。渴了喝山泉,饿了吃野果,困了睡山洞,差不多走了三天,才从河下游的滑丝跨过他们几天前跨过的河。

他兴致勃勃地走出深林,前面有座山坡拦住了去路,山上的石头与家乡的一样,也是青色的,大块大块的,像种上去的。山上相隔不远就有野花,深红浅红夹粉红。杨老爹向山顶爬去,摘来几朵花在手中把玩,不时放在鼻下嗅嗅,有的是清香,有的是甜香,有的特别浓烈刺鼻。

杨老爹站在岩石上望向前方,不远处的坝子上有一片房屋,有灰白的墙体,黑色的青瓦,还有暗淡的板壁,棕褐色的草顶,看去错落有致，有些气派，样子像个小城，他打算在那儿吃点东西，再往家赶。

看着近，实则还远。

杨老爹没有找到下山的路，只能跳着坎子走。跳石坎、地坎很费劲，也伤力。有些高的地方还得绕着走，走了一两个时辰才走到坝子的边上。

让杨老爹想不到的是，费劲巴力的走到山脚，坝子的边上出现了条河挡住了他的去路，河面虽然不宽，但水流有点急，匆匆忙忙的。河水弯弯曲曲的围着坝子走，河岸与地坎一样齐，像隐藏在地里的机关，要想一步跳过河去，很难办到。

要去对面就得过河，杨老爹沿着河岸走，看看有没有过河的小桥，也想找个最窄的地方跳过去，但是走了半天还是没有找到，河岸都是一样的宽度，好像河岸是用尺子量着做的。

杨老爹绕到坝子的一个边上，显然已经筋疲力尽，饿得头昏眼花，脚上像戴了脚镣，艰难得寸步难行。

此时，他看到了一间草房，像看到了个救星，跌跌撞撞向草房走去，遗憾的是草房是在河的对岸，杨老爹最后的希望之火熄灭了，他感到喉头发紧，身边的大地、头顶的天空团团旋转，脖颈像被人卡住似的，接着两眼发黑，身子软软一躺，人就昏了过去，攥成拳头的右手搭在河岸上，像根斜插在岸边的半截木桩，斜斜地指向草屋。

杨老爹醒来时，发现自己躺在床上，阳光从窗户射进屋内，把屋内染得黄黄的，像煤油灯散发出的光亮，杨老爹四下打量了下，房间空无一人，他勉强支起身子，发现床边的木凳上放着碗苞谷稀粥，便抬起狼吞虎咽喝了起来。

喝了稀饭，感到劲在慢慢回升，精神在慢慢好转，他躺了会儿，感觉可以下床了，就起身走出房间。

房间里没有人，屋外也没看到人影。

正纳闷的时候，一个男孩从屋外的路上披着金光走了过来，他迎着男孩走过去，男孩的眼睛黑亮黑亮的，像藏在夜空里的星星，一眨一眨地看着他。

杨老爹走近男孩："小朋友，这是你家吗？"

男孩见杨老爹发问，答道："这是……"后面的话还没出口，就被左边一个匆匆赶来的姑娘用眼神止住，小男孩硬生生地把后面的话吞了回去。

看着姑娘不信任的眼神，杨老爹还是感谢小姑娘和小男孩的救命之恩。千恩万谢一番欲离开之际，他又看到了几个男男女女从姑娘来的方向急急地走了过来，杨老爹连忙转身弯着腰打着拱再次表示谢意。

杨老爹在这里差不多睡了两个小时。

如果他能够坚持再往前走过一个弯，就会看到一座木桥通向对面。可是他没等到木桥那儿就晕倒了。

杨老爹昏倒后个把小时才被人发现。发现他晕倒的人也是从山上下来，与他走的是同一个方向，只是杨老爹朝前走，救他的人在后行。

杨老爹昏倒在路坎下，茂盛的野草把他的下半身覆盖，西瓜样的头歪靠在旗杆样的右手上。一些蚂蚁已经把他的脸当作竞技场，把他伸得长长的手当成了跑道，还把他的鼻孔当成隧道。杨老爹的嘴巴冒出阵阵白沫，像啤酒溢出的泡沫。

后面走着的人看到杨老爹的样子没有惊奇，认为又是一个饿死的。

那年头饿死街头、横死荒野的人太多了，随处可见。来人想绕过去，可要经过没膝的野草，他犹豫了下准备跨过去，怕踩着躺着的人的脑袋。他跨过那根旗杆样的手时，看到了手在轻微地动,跨出的右脚又收了回来。

要过的人便蹲下身子,左手放在膝盖上,右手食指放在杨老爹的鼻孔边,感觉此人还有气,他不顾坎下蒺藜挓挲着胳膊等着他,便不管不顾地跳了下去。

他把杨老爹举着的左手拉来搭在自己的左肩上,再把右手抬起扒在右肩上,像细虾一样弓着腰,双手反搂着杨老爹的屁股,艰难地爬上坎后就疾走。

那个单薄的小木桥一下子承载着两个人的重量,使劲地弓着身子,颤悠颤悠的。过了小木桥,沿着田埂走了三四百米,就到了小屋。

小屋虽简陋,但干净,屋内屋外打扫得干干净净。

杨老爹被放在床上,背他的人是个大高个子,身体瘦弱,像根竹竿。高个子用右手拇指掐了掐他的人中,杨老爹幽幽地舒了口气,把头一歪又沉沉地睡去。

背他人起身离开之际,吩咐屋内女孩:"给他煮碗稀粥。这个人是饿了,休息一下喝碗稀粥会好。"

杨老爹知道了救他的原委,感动得泪花直闪,他也把他家遇到的事和这几天的经历和盘托出,对方也深表同情。

当天,杨老爹没有走成,他想走也找不到方向,只是做做样子,再说也晚了。高个子说他身体虚弱,休整一晚再走,他顺势留了下来。

杨老爹万万没有想到,他被救的这个地方是爷爷陈钦带着他的父亲、叔叔逃难而来的第一个落脚点——鹿县。

他在鹿县休息的这天晚上,看到有人来到茅屋学习,年轻人居多。高个子领着大家学了些文章,然后就是互相讨论,每个人都发表了对时局的看法和怎样团结起来推翻当地腐朽的统治等。

杨老爹不懂他们谈的这些,他和杨健明外逃是他俩的第一次远行。他只想把欺负人的秋家收拾了，让秋家不再欺侮岩上村民。像他的爷爷在世时一样，大家和睦相处。

第二天上午，杨老爹是和高个子一起出发的，出发前他给高个子说了方向，高个子说他要到另一个方向去办事，中途顺路，所以他俩一起出发走一段路。

他们到达一个叫折溪的地方，高个子要往右走，杨老爹要往左行。在岔道边相互道别之际，山石背后突然跳出了几个人来，杨老爹不明就里。高个子迅速把杨老爹拉进灌木丛中，不由分说地把一个布包着的东西塞给了他，让杨老爹交给云山镇街上的牛建成，急急地交代完后，高个子猛地把杨老爹往坎下推去，示意杨老爹从下边赶快绕上去。之后，他一猫腰，就向那几个人开了一枪。

开始，那几个人犹犹豫豫的，拿不准对方是不是要抓的人，因为情报说是一个，对方却是两个，但一看特征，其中有一个很像。看到对方先向他们开枪，他们就断定此人就是秘密联系暴动的人了，几个人迅速散开，呈扇形状包抄过去。

云山镇地处乌蒙山腹地，在碧绿延绵起伏的群山之中，常年云山雾绕，故而得名。云山镇与鹿县县城呈上北下南方向，与落别、盐商同属一条线，云山镇居于两镇之中，是个重要的交通枢纽，周围是望不到头的森林。

云山镇不是古镇，也没有镇的规模和繁荣，只是外来的住户沿着古驿道的两旁修房建屋，像岩上一样慢慢演变成了寨子、村子，最后成了小镇。

云山镇因为是交通要道，发展迅猛，古驿道成了街道，街道上的南北小吃、旅馆、茶楼成了一景，住户逐渐成了商户、富户、大户。

杨老爹一滚下丛林，就顺势往山沟里跳去，他顾不上遍地蒺藜，也不管锋利的叶片刮拉着脸，腿脚如簧，飞快奔跑。之后悄悄伏在一个沟边，使劲憋住呼呼的喘息声，让气流在鼻孔和口腔里回旋，撞击得耳膜嗡嗡作响。

隔了一会儿，他竖起耳朵听了听，没动静，再抬眼看看，只看到一只只白鸟像纸片飞过。杨老爹想跨过溪水，再从小溪对面的密林中钻出去。

小溪的水清澈透明，溪水声传得很远，被岩石激起的一簇簇水花洁白如雪，山涧中长满滑腻青苔的卵石像巨大的鸟蛋，闪着幽幽的青光。溪水不是很深，被阳光照得透亮，杨老爹看着水里的人影也蹲着，一晃一晃的，好像也要下水。杨老爹下水了，水里的那个也跟着他下，然后很怕似的缩成了一团，斜斜地跟在杨老爹身后。

杨老爹两只手挓挲着像要抱球，右脚慢慢滑到底，底下冰凉的水从裤管里灌上来，让他打个激灵。

杨老爹双脚扒拉着水，两手在水面上一摆一摆的。到了对面后，他拽住沟渠边上的野草，慢慢地爬上坎去，把裤子脱下来，把水扭干净，没有顾得上休息一会儿，穿上扭干了的裤子就钻进了丛林。

杨老爹好不容易钻出丛林，才感觉脸上、颈部火辣辣地痛。他迈过眼前的山谷后，才爬到高个子给他指点的路。但高个子是死是活他全然不知了。

杨老爹多方周折，找到了交信的地方，可对方又不相信他，经过曲折的试探，才取得对方的信任。杨老爹本想就此别过，可是对方又求杨老爹把回信带去他获救的地方，他犯了难，怎么办？是送还是不送呢？

杨老爹很矛盾，想到自己如果不是对方在危难中救了自己，自己早就不在人世了。滴水之恩，当涌泉相报，就算只报那一碗稀饭的救命之恩,这信必须一送。

回去很简单了,轻车熟路,他把信送到了那个茅屋,没有人,一把大锁已把木门锁住,木门虽然不结实,但大锁像只眼警惕地看着他。

他在门口踮足着四下张望,始终看不到一个人影。

怎么办?这封信没有交脱,自己又不好走。

他在屋外蹙着眉头,走来走去,一筹莫展。还是那个小姑娘和小男孩,又不知从什么地方冒了出来,虽是老相识,眼里没有了敌意,但两个小孩还是没有先开口。

对峙了半天,还是杨老爹打破沉默:"前几天在这里的那些大人呢?"

姑娘问:"你找他们做哪样?"

杨老爹便把布包从胸口掏了出来:"大个子为了掩护我,让我帮他把信送到要交的地方,这是交信的地方让我带回的信。"

此时,小姑娘眼红红的,揉着眼抽泣起来:"大个子是我爹,他昨天和你一起出门就被抓了,已经押去了县城,没有见到你,大家还以为是你告的密呢。"

小姑娘断断续续说了这些,显然是对杨老爹开始信任起来。

小姑娘继续道:"叔叔伯伯们知道我爹被抓后,想去半路救回,可还是晚了,我爹已经被押进县城。"

小姑娘不大,但知道的事不少。正说着,大人们已从房后回来,见大人来了,两个小孩一转身又不见了。此时,杨老爹忙问谁是主事的。

"主事的已被抓了,有什么事给我说罢。"一个四十岁左右的男人说道。

见那么多围着的人无异议,杨老爹便把信交给了他,对方忙把布包打开,取出信封,启开封口,抽出信纸,只短短一行:

"原计划暂缓执行,有叛徒。"

那人把信纸传给大家,随后面面相觑,一个个都没有言语,都怕自己被误以为是叛徒。

把信送到,杨老爹欲起身离开,但已经晚了,看来他想走并不是能走的。

二十八

来报告官兵到来的还是那两个小孩,他俩见大人来了后,又迅速地返回自己的岗位,像是放牛,像是劳作,又像是玩耍,其实是在放哨。

两个小孩边跑边抹着流到下巴的汗,小女孩气喘吁吁地对着四十岁左右的男人说:"舅舅,有官兵来了,好像七八个的样子。"

话说,高个男人被抓后,关在了保安团的牢房,大多牢房都一样,这里也毫无例外。

高个男人一到,就遭到了毒打,尽管被打得鲜血淋漓、皮开肉绽,但他只字未吐。

高个男人如此刚强,是因为他心中有个坚定的信仰,就是推翻旧社会,让人民当家做主。其次,那些人都是他的亲人,他的女儿、他的侄子、他的舅子,还有舅子的兄弟姐妹及一些追随他的青年。

他只要吐出任何一个字,就算被打入十八层地狱,都不会得到原谅。

保安团见他嘴巴很硬,得不到一个字,就只好等那个叛徒来。

叛徒是在电话里提供线索的,他不是鹿县人,对鹿县的地理情况不熟悉。但他来参加过一次读书活动,对集中读书的地方熟悉,但不知是什么地名,电话里怎么也描绘不清楚。

叛徒来参加读书社组织的活动时,对国民党政府是义愤填膺的,并表现出很活跃的样子。他当了叛徒,是缘于一个女人,这个女人也是鹿县读书社的成员。

这个女人还是个中学生,很新潮,十八九岁的样子,圆圆的鹅蛋脸,披肩的秀发光滑明亮,像山巅垂流的瀑布,眼珠子清澈透明,像浸在河水中的卵石,闪烁着青春的朝气与活力。

她似乎喜欢高个子,高个子的一举一动她都特别欣赏,特别是高个子的演讲常常得到她热烈的掌声。

但高个子似乎不喜欢她,好像对谁都一样热情。她的热烈,高个子看成是一种对他思想的认同,是一种同志间的信任和支持。

叛徒喜欢这个女人,就像她喜欢高个子一样,但她对叛徒的热烈很反感,常常对叛徒爱搭理不理。

爱,让叛徒的心理变得扭曲起来,甚至失去理智。原先的誓言在他心里已成了一张轻轻的白纸。他把她对他的不理归咎于高个子的存在,他想,只要让高个子消失,她就会改变目标,他再施加恩惠,她就会对他给予微笑,投入他的怀抱。

开始,叛徒本不想做叛徒,他只想匿名打个电话让保安队把高个子抓了就算了,不想把自己置于叛徒之境地。哪承想接电话的保安队竟要打破砂锅问到底,其实就是想稳住他,好跟着电话顺藤摸瓜,于是,只三两下就把叛徒给挖了出来。

叛徒的出卖,使高个子落入魔爪,但官府要的是一网打尽,见在高个子那挖不到任何东西,一切就只好指望叛徒了。

见电话中叛徒说不清地址,只好把叛徒带到现场指认。

叛徒不想去,他知道读书社惩处叛徒的方式是很厉害的,只要让他们知道自己是叛徒,哪怕只剩下一个人,即使逃到天涯海角,也会将他抓住。但胳膊拧不过大腿,叛徒自踏入了背叛的门槛,就已经身不由己了。他曾后悔过,但世上本没有后悔药,从打电话的那一刻起,他已经走上了可耻的不归路。

叛徒不是傻子,官府不榨干他,是不会放过他的。他看到了一分希望,就赶快做出十分努力的样子,想争取最后一线生机。于是在来之前,就提出了要求:指认了现场,就放过他,让他消失在鹿县这片土地上。

为了尽快把读书社的骨干人员一网打尽,保安队答应了叛徒的请求,想先稳住他再说。

还没有抓到要抓的人,官府不想让叛徒过早暴露,给予了他优厚的待遇,让他坐在官轿之中,还有五六个人在轿外当护卫。

叛徒是从云山镇带来的,云山镇到鹿县不远,虽然坐在带帐篷的官轿里,前后有带枪的保安队跟随,但叛徒还是感到不安全。

官路崎岖坎坷,马拉着轿子颠簸前行,为了保证叛徒安全到达,鹿县保安团又加派人手前去接应。保安团急促的样子如临大敌,于是就让两个放哨的孩子误以为是来抓他们的。

为安全起见,鹿县读书社必须迅速转移,他们一个一个地走,过那小木桥走向对面的丛林,丛林的后面是一座接一座的山峰,只要钻了进去,即使官兵再多也派不上用场。

叛徒是在傍晚时到的,官府怕夜长梦多,又马不停蹄地根据戴着假发和脸罩的叛徒的回忆来到茅屋。可是茅屋空荡荡的,没有一个人影。

回到县衙，官府里有人开始质疑叛徒的情报，有人认为这是一场闹剧，是叛徒为了得到一个女人所做的无耻陷害。叛徒着急了，他要求和高个男人对质。

时间是第二天的下午，保安队队长亲自主持。

当高个男人被押进堂的时候，叛徒说就是他，就是他带头搞的反动组织。

高个男人见叛徒说得言之凿凿，就问他自己叫什么名字。这一问把叛徒问得张口结舌。

的确，叛徒不知道高个男人的名字，只听他讲过一次课。

最后查去查来，没有找到有力的证据证明高个男人是组织者。于是官府采取放长线钓大鱼的方式，明里把高个男人放了，暗里加强对他跟踪。

第二天下午，叛徒的尸体出现在城西的山沟里，被人发现时，尸体已被老鹰啄得千疮百孔，被野狗啃得面目全非。

二十九

杨老爹跟着读书社的人转移到城西的莽莽大山里，他不知道方向，只顾跟着跑。在一个"岩疆锁钥"的地方，他们感觉安全了，就停了下来。

大家停下来后感到饥肠辘辘，于是坐下来商议，有说去附近农家找点吃的，有说去地里看看可否找到食物。

于是大家兵分几路，一些去前边的人家看看能否买点吃的东西，一些去周围的地里看看有没有吃的食物，一些去捡些干柴来生火。

　　杨老爹没有被安排,因此他随心所欲,想和谁去就和谁去,不受限制。他在原地绕了一圈,就选择去捡干柴。

　　后来他们到了一个叫打铁关的地方,杨老爹面对夕阳站着,像站在马背上。同他站在一起的,是个年龄比他大的长者,长者见他蹙眉沉思,就指着左下方的寨子对他说:"这个寨子叫打铁寨,据说岳飞的后人以前逃来这里隐居生活。"

　　杨老爹随着他的手指望去,十来户人家的寨子镶嵌在大山之中,白墙青瓦,袅袅炊烟从房顶冒出,为大山增添了烟火气息。

　　他细细望去,寨子对面的大山像个硕大的头颅,山顶的森林像浓密的头发,灰白的绝壁像宽阔的额头,上面似乎有字,定睛细看,苍劲挺拔的"岩疆锁钥"四个大字若隐若现。

　　见杨老爹看字出神,长者应该是鹿县本地人,他说:"那是鹿县司马喻怀信所写,有'铁索雄关金汤固'之意,比喻这里万夫莫开。"

　　前方不远处的古驿道,青石块泛着历史的青辉,顺着驿道往右,千山万壑伏在脚下,有种会当凌绝顶之感。

　　长者指着滚滚河流的岸边滔滔不绝:"那里是夜郎都邑所在,虽然时隔数千年,但那里流传下来的砖瓦墙壁和一些用过的器物还依稀可见。"

　　杨老爹顺着他的手指极目下望,记得好像有人对他说过,有本彝文经书上记载"大哉夜郎国,且同江边建",可能指的就是这里了。

　　他还在爷爷带来的《史记》中看到:"夜郎者,临牂牁江,江广百余步,足以行船"之类的描述,综合这些历史记载,他浮想联翩,如果说那条河流是牂牁江,那么鹿县无疑是夜郎国的屯兵之地了。

在长者那儿，杨老爹得知，那个高个男人，叫李羊桥，是读书社的负责人，除组织读书社的学习外，还负责与地下党的秘密联络，与游击队的暗中联系。

怪不得，高个子那么沉稳，做事那么干练。杨老爹还沉浸在高个子的往事中，这时有人喊吃洋芋了。

洋芋，又名土豆、马铃薯、山药蛋，富含着淀粉，在鹿县农村家家种有，山上也有，大多是没有捡干净重新生长的野生洋芋。这里的洋芋和其他地方不同，或许是土质的缘故，洋芋肉质粉糯，口感非常好。

他和长者嗅着洋芋香味而去，一拢熊熊燃着的烈火边，一群人在吃着火烧洋芋。

他们把烧得煳煳的洋芋皮用小树枝或指甲壳刮干净，露出金黄的外壳，壳内雪白的肉质散发着诱人的香味。

先把带肉的锅巴吃了，脆脆的，里面的肉质很烫，他们吃得嘴巴直哈气。

吃了洋芋喝了山泉，大家劲头更足了，一行人等到天黑下来，才悄悄摸回村去。

到村口各人都往各家走，大家都把杨老爹这个外来者忘记了，站在村口的杨老爹不知往哪走，来回渡着。

他看到茅屋的灯光还亮着，不知道那是危险的暗号。

走投无路的他只得投奔茅屋，当他蹑手蹑脚地走到路口，灯光突然灭了，这让他进退两难。进吧，怕打扰人家，退吧，感觉真的无处可去。

这时，周围有了动静，埋伏在不远处林中保安队的便衣观察着杨老爹的一举一动。见杨老爹鬼鬼祟祟的，甚觉可疑，于是就让两个人偷偷钻出林来，迅速用一块破布捂住杨老爹嘴巴，不由分说就把他拖走。

杨老爹被几个人扭送到县保安队的一间审讯室,屋顶圆圆的像个鸭梨大小的东西发出耀眼的强光。他没有看到燃烧的火焰,只看到半圈像细铁丝样的东西烧得粉红,杨老爹在想,那个圆圆的东西烧久了会不会爆炸呢?

此刻,先后进来了三个穿黄色军服的人,有一个一进来就向黑色书桌后的位置走去,另一个走向杨老爹身后,最后一个站在门边,这是审问的架势。

站在门边的人关好门上好插销后,坐在书桌后的人才站起身来。此人个头不高,可很结实,滴溜溜的黑眼睛像要挤出眼眶,那个又尖又长的鼻子艰难地突向前面,像个船舵。

此人来回踱步地一连串发问:"哪儿人?从哪来?到哪去?去那干什么?"杨老爹一连作了回答。

杨老爹没有参加过任何组织,所以他心里磊落、坦荡,只是对把送信哪儿进行了隐瞒。

见杨老爹回答得干净利索、滴水不漏,又找不出任何破绽,问话人气得大骂甩门而去。

问话人一走,其余两个也悻悻地跟着走了。门关着,但没有上锁,走时没有交代杨老爹是走还是留。

杨老爹没有走,他还没有看够那个圆圆的东西,感觉那个东西散发出来的光好温暖,再说他也没有地方可去,在这里如同白天一样,还有个遮风挡雨的地方。

杨老爹怔怔地看着那个发光的物体,看着看着就靠在歪腿的凳子上迷迷糊糊睡着了。

睡着的杨老爹还做了个梦,梦见了爷爷,还梦见了父亲吃着奶奶做的馒头,馒头白晃晃的,扯起一条一条的丝,韧劲十足,放在嘴里,软绵绵的,又香又甜。

杨老爹是被人喊醒的,原来又抓来了人。

他抬起头来，书桌上留下白色而浑浊的口水，好像还对美梦挺留恋似的。

杨老爹揉着眼走出保安队，黑黄的眼锅巴粘着他的眼帘，他用指腹轻轻抹了抹，随手弹了出去。

鹿县这几天，杨老爹老是在城边转，还没有到过城里。没有到过城里的杨老爹，感到一切都很新奇。

他走到一个米粉摊前，简易的米粉摊围坐了不少人，大家都是来吃米粉的。

一碗碗装着米粉的碗在老板手里转来转去，最后转到围坐摊前的客人手中。

米粉有白色的、绿色的，有丝状的、坨状的，还有比宽面条还要宽一些的。

杨老爹要了碗丝状的白色米粉，只见老板用丝刀向反扣在洋盆样的米粉上滑拉一下，柔得如水的米粉就卷曲起来。老板把米粉放入碗里，加入凉开水、醋、葱花、蒜泥、碎萝卜，再放入适量的盐、味精和酱油，做好的米粉端到杨老爹面前。杨老爹只呼噜呼噜两下，一碗米粉就全部吃光。

杨老爹又要了碗宽米粉，老板说那是卷粉，卷粉厚如铜钱，一片片卷粉堆砌在一起，像小山一样。老板先从上面提起一片，用剪刀咔嚓咔嚓往前剪，一片卷粉的三分之一就剪成了一碗，碗里的卷粉卷曲着，白白亮亮的。老板没有放凉开水，只放点红油，加入适量的盐、味精、郎岱酱、岩脚酸醋和牛场油辣椒，再在上面放些许干盐菜或酸菜末。杨老爹拌匀后，夹起放在嘴里，米香和佐料的香味顿时滑进胃里，又从胃里爬了上来，一股辣味在舌尖上弹跳打转，让他感觉十分畅快。

吃罢卷粉，杨老爹抹抹嘴巴起身往街上走，县城不大，但十分繁华。他从街头走到街尾，都是人挤人，慢得像蜗牛。

吃饱了肚子，杨老爹打算走了，他走的路，是以前爷爷带着父辈们走过的路。

快出县城时，在街边的一个拐角处，杨老爹看到一个十八九岁模样的姑娘守着一个病恹恹的老人抽泣。他走近一问，这一问，竟改变了杨老爹的一生。

三十

人生就是这样，有时候帮助别人，其实也是在帮助自己。

杨老爹得知是老人生病，无钱医治被医生赶了出来后，愤愤不平。这时，他想起街中间的中药诊所排成长队，应该医术不错，便走过去蹲下身对姑娘和老人说："西医无钱治，要不去街中间看看中医吧。"

姑娘说："中医那儿也去看过了，无钱被赶出来才去看西医的。"

杨老爹说："没事，我和你一起再带老人去看看。"

诊所见是刚才来过的病人，便想赶开，杨老爹摸出一块大洋晃了晃，医生便笑逐颜开地让他们进了屋。

看了病，扎了针灸，抓了药，一个大洋还退了十几文钱。

见老人走路困难，杨老爹便蹲下身子一搂，不由分说就把老人背起走了。姑娘急忙小跑在前面带路，不到半个小时，就到了街后面不远处老人和姑娘的家。

杨老爹把老人放在床上，床上的衣物虽然补丁不少，但却浆洗得干干净净。

姑娘来不及感激杨老爹，就跑出门外生火熬起药来。

杨老爹轻轻把棉被拉来给老人盖上，就站起身来，退出屋去。

他抬头看看火辣辣的太阳，感觉肚子有些不舒服，就问姑娘厕所在哪，急急地去上厕所。

刚上厕所出来，又想上，隐痛变成了疼痛，且逐渐加剧，紧接着他"哇"的一声便变了起来，把吃进去的东西吐得干干净净，一直呕吐，杨老爹吐得脸色苍白。

随即，疼痛从上腹蔓延到下腹，像石头在肚里滚，又似刀子在肠里割。顿时，杨老爹眼冒金星，感觉天旋地转，两腿不停地颤抖，双腿支不起身子，一下子就瘫倒在地。

等杨老爹醒来时，才发现自己躺在了医院里，手上还打着点滴。

见杨老爹醒了过来，姑娘喜形于色，不顾男女有别，竟抓起他的手急切地问还痛不痛，好点了没有。

医生见杨老爹苏醒了，过来询问病史，末了说是吃了凉的东西得了胃寒症，幸亏来得及时，否则会脱水死亡。

这种病来得快，只要药对路，去得也快。

几瓶液体下去，杨老爹便感觉没了疼痛，他不想吊了，医生大体问了下情况，便把点滴拆了。

尽管没了疼痛，杨老爹还是有些虚弱，走起路来还是没有精神，连上厕所也是姑娘搀扶着。去医院也是姑娘扶着去的。

昨天他软躺在地后，一时把姑娘吓坏了。姑娘的父亲虽有病在身，但吃了药后人清醒了不少，他让姑娘快把杨老爹送去医院，他身上有钱。

别看姑娘平时弱不禁风，关键时刻不知从哪来的力气，背起杨老爹就往医院跑。姑娘交给医生一块大洋，医生快速地给杨老爹诊治。

杨老爹住院，父亲在家躺着要吃药。姑娘两头跑，幸好医院离家不远。

姑娘搀扶着杨老爹到家后，才感觉自己周身酸软疼痛，但她还是忍着给杨老爹熬粥。

一碗苞谷粥下肚，杨老爹的胃里一下子舒坦起来，身体像没气了的轮胎鼓了起来。

此时，杨老爹翻身下床，来到外屋老人家的床前。

中药虽然慢，但针灸来得快。

老人针灸后不久，就感觉周身舒畅多了，又喝了两天的药，脸上渐渐有了亮色，眼神也明亮了起来，可以喝姑娘熬的苞谷糊糊了。

老人看着杨老爹，伸出颤抖的手。杨老爹见状，忙跌撞着扑过去紧紧抓住，老人声音如蚊："谢谢您了，小伙子！"

杨老爹轻轻拍了拍老人的手："是我应该好好谢谢您老人家，您有个好闺女，没有她，我可能就没命了。"

屋外的姑娘听到了杨老爹的赞许，脸红扑扑的，像天边绚丽的云彩。

三十一

念完经后，就开始立幡。张前说立完幡后就跑城，让王大八赶快找个大的跑城场地，至少有篮球场那么大。

立幡这天天气阴转晴。

杨老爹虽然做不成先生,但他还是去坐坐的,和同龄人聊天吹牛。

看着围坐在一起的同龄人对立幡有几分好奇,他便给他们介绍起来。

杨老爹说:"立幡很有讲究,每立一条幡都要念一次皇经,在净水碗里画三清玉皇讳。"

"立幡成功与否,就要看幡下飘着的穗须是否打结,如果白、黄、黑三条幡的穗须都打了结,说明主家家和万事兴,表示立幡成功。"

杨老爹说罢,就指着对面山垭上立起来的幡分别解释道:"这三条不同颜色的长方形条幡分别叫玉皇幡、救苦幡、祖师幡。"

杨老爹说:"人们认为,人死后灵魂不会跟着肉体去,而是在它熟悉的地方飘荡,这样的话,人就不能顺利到达阴间,难能投胎转世。"

"于是,有人就想出并设计制作引魂幡,用它来控制死人的灵魂,使得灵魂随肉体一起被埋到坟墓中,或者说被送到人们心目中的天堂。"

"这个幡的长是固定的吗?"有人又好奇地问。

杨老爹进一步解释:"是固定的。一方面是上面要能容纳很多字,另一方面是短了飘不起来,下边的穗须难能打结。所以引魂幡宽一尺左右、长七米五,通体呈长方形。"

杨老爹又从左到右指着说:"左边这条白色的条幡叫引魂幡,是救苦幡,上面写有:'皈命圣师东宫慈父太乙寻声救苦天尊青玄九阳上帝九头狮子坐下';中间那条黄色的条幡叫玉皇幡,上面写有:'太上开天执符御历含真体道金阙云宫无为通明大殿昊天至尊玉皇大天尊玄穹高上帝玉陛下';右边上那条黑色的条幅叫祖师幡,上面写有:'祖师无上鸿蒙水火生伊始祖生天生地生道生人老祖六合无穷高明大帝降魔护道前位天真。'"

杨老爹再进一步解释道:"立幡时,念到第四句经的结尾都要敲一次锣、打一次铙钵、击一次鼓,孝家要跪在幡下磕头祭拜。"说到这里,对面黑色条幅下又开始念响起来,人们侧耳倾听:

此间土地,
神之最灵,
通天达地,
出入幽冥,
为吾传奏,
不得留停,
有功之日,
名书上请,
凡间有请,
火化飞腾。

张前领着众人一念完,就把纸笺装入个长方形的纸盒里,吩咐烧在幡下,幡下才点起火,吊在幡上的炮仗便噼里啪啦响了起来。

众多目光望向炮响处,三条白幡像排列成翱翔蓝天的雁阵,炮仗声、人们争抢钱币和粑粑的欢叫声混在一起,像中了什么大奖似的。

张前立好幡,又带着他的队伍向右前方不远的一块空地上走去,准备跑城。

数十人在空地上清理杂草,并用脚踩平,显出了土地金黄的本色。

张前的队伍一到，就指挥着帮忙的人撮来石灰。他们抓起石灰撒在空地上，不一会儿就画出了个心中之城的图像。

在城里的东南西北中处，都摆放着香案，上面插着灵牌，灵牌上分别写着："东方风雷地狱主者王官之位、南方火医地狱主者王官之位、西方金刚地狱主者王官之位、北方冥冷地狱主者王官之位、中央普凉地狱主者王官之位。"

香案上都点燃了香和烛，香烟摇摇晃晃，烛光在微风的轻拂下忽明忽暗。只见张前戴起头扎，身穿黑边道袍，一手拿起挂着鬼画符的竹竿，一手拿着风铃，边走边唱"救苦地狱开幡科"。

后边的几个跟班，一个击木鱼、一个吹海角、一个敲锣、一个打鼓，他们在画好的城内转圈，所有孝子跟在后面，时跑时慢，每次转到香案前都要跪拜作揖。

跑一次城要唱完一本"救苦地狱开幡科"经书，才算结束。

跑城回来，张前叫大家不要直接进屋，要从院子里的长凳上一一走过，即送亡人过"奈何桥"，所谓"亡人过了奈何桥，从此阴间阳间路两条"。意思是让亡人忘记阳间，放心投胎转世。

跑完城接下来又要干吗呢？

三十二

◇◇◇◇◇

杨健明跟着队伍行走，好在从小练就了铁脚板，脚板底下磨出了一层厚厚的老茧，坚硬的沙子、一般的刺都奈何不了。他跟着队伍钻山林、过深涧、攀悬崖，从没掉过队，双脚如履平地。

一个太阳在淡薄的云朵里慢悠悠踱步的下午,他们来到了金县县城南边的土岗后面埋伏下来。杨健明左右看看,才看清大家穿的衣服不一,他们这一支队伍除了二十来人是小分队的成员外,其余的大多是土匪和民众投身过来的。百余人的队伍,除二十来人的小分队抱着冲锋枪外,而其余的有些拿着长枪,有些拿着梭镖、有些拿着铁锨。

这次,他们是为攻打金县而来。城内守敌是国民党县保安团和由投日伪军摇身变为国民党军的一个连,以及还乡团等地主武装,据可靠情报,他们想去堵截红军北上。

经请示,高个子胡瑞明接到了消灭金县武装,为红军总部前行减轻压力的指示。

攻城战由胡瑞明指挥。

好不容易等到日头滑到山后,首次参加攻城战的杨健明听到响起的攻城号炮,便想跃冲出去,就被身边大他几岁的老班长按下:"你手里没有枪,听我指挥,我喊你冲你就冲,我喊你甩手榴弹,你才甩!"

杨健明很听话地干脆答道:"好!"

老班长怀里的是冲锋枪,而杨健明手中的是梭镖和手榴弹,甩手榴弹是刚学会的。

老班长虽然年轻,但是个老革命,参加过很多硬仗、阻击战,富有战斗经验。他抽来时还是一个班的班长,所以小分队的人尊称他老班长。

杨健明跟着老班长从城东南角攻进城里,这时,巷道内黑烟弥漫,呛得杨健明连连咳嗽,眼泪直流。

在二三十米远的飞散烟雾中,他俩发现有三四个民团士兵向西逃窜,老班长一声令下:"快,甩手榴弹!"

看见逃跑的民团士兵,杨健明拔腿就撵,对老班长的命令没有反应过来,等他觉察过来去摸手榴弹时,那几个人已踅入另一个胡同,不见了踪影。

"你这个小伙,怎么光知道往前冲!看看,到手的敌人,叫你给'冲'跑了!"老班长指手画脚地批评道。

杨健明的脸一下红到了脖子根,搓着手,不吭声,最后才憋出半句话来:"……老班长,以后保证一定听你的……"

老班长不等杨健明把话说完,就催促着他赶快追击。

追到一个十字路口,敌方的暗堡火力点在叫嚣,无法前进。

老班长眼疾手快,一把拉住欲往前冲的杨健明,拽着他的手弓着腰绕过火力点,藏在一家高大的门楼下,把身上的几颗手榴弹递给杨健明,指着地堡对他说:"去,我掩护你,从侧边绕过去,用手榴弹把它炸掉!"

老班长知道杨健明从小打过猎,臂力好,甩得准。

在老班长的火力掩护下,杨健明缩着肚皮贴着门楼前行,快到暗堡处时匍匐向前,在靠近暗堡射击口一侧,迅速将手榴弹扔进了地堡中,自己一个闪身腾空跳离暗堡后,立即趴下。

一声巨响,地堡被掀翻了。杨健明觉得这样还不解恨,又把另一颗手榴弹扔了进去。

当他从地下爬起,抖落溅了一身的砖屑和尘土后,急忙扭头去找老班长。老班长尚未见到,却见一个敌兵迎面跑来,和他撞个满怀。杨健明捡起身边一把铁锹向敌兵抡去,猛吼一声:"缴枪不杀!"

那个被吓破胆的敌兵,乖乖地把枪交给了杨健明。杨健明就用这支枪押着这个俘虏,找到已消灭了十来个敌人赶来找他的老班长。老班长竖起拇指连声夸奖:"小伙不错,好样的!"

攻城战打得相当漂亮,不到两个小时,战斗就全部结束。

他们这支小分队,由于队伍不断壮大,经批准成了营级建制，高大个胡瑞明任营长，老班长升任连长，杨健明在老班长的连。

营里在总结庆功会上给杨健明记了次功，并把缴获的枪奖给了他。

攻城战胜利后，他们休整了一天，便继续向东出发，第二天在金沙江畔遇到了一场恶劣的阻击战。

他们阻击的是前来围追红军总部的国民党正规军。

战斗中，杨健明首次用枪瞄准敌人，他拉开枪栓，只有两发子弹。杨健明小时跟爷爷学过打猎，爷爷教他打过猎枪，标尺对准心对猎物，三点一线。

杨健明把枪端平，只见他单眼瞄准，一枪放去，打死一个，又重伤一个后面的敌人，此举正好被已升任营长的高个子胡瑞明瞅见，胡瑞明喜出望外，忙吩咐多给他子弹。杨健明靠着枪法准和不怕死的劲头，一路从战士打到班长、排长、连长……

他们的队伍不时向东西南北四方行进，在大地上漂浮不定。按照首长的说法就是："敌进我退、敌驻我扰、敌疲我打、敌退我追。"

在一次惨烈的战斗中，杨健明所在的连打得所剩无几，在接到命令撤退的时候，升任连长的老班长已身负重伤。

连长不想拖累他，让他赶快走。杨健明此时没有听他的命令，他是连长一步一步带出来的，不能没有连长。他毫不犹豫地蹲下身子，反手把连长搂在身上，双手交叉成支点，背起连长在战壕里穿梭撤离。

侧面是山林，他要背连长进山林，他想只要他们进入山林，才有机会逃生。

他小时跟爷爷和父亲打过猎，猎物再凶，也跑不过他的铁脚板。他常年在大山里奔跑，脚板底的"硬茧"像铁皮肉鞋，尽管有荆棘和坚硬的碎石，但在他的脚下也如平地。

　　阵地上硝烟弥漫，发烫的弹壳还在水坑里滋滋响，一些树干还在冒着火光和青烟。

　　杨健明跑得很快，敌人也追得很快。敌人见红军已过了大渡河，就想拿这个打得顽强的指挥员抵罪，所以他们想要抓活的，没有接到命令，不到万不得已不敢开枪。

　　好在他起步时离敌人有段距离，敌人的目标是他背上的连长，他的目标是山林。

　　他不管怎么绕，敌人始终如影随形，与敌人的距离在渐渐缩短。他咬紧牙关，发起冲刺，终于在几个箭步和跳跃之后，他虚晃一绕，便进入山林深处。

　　山林很大，大得其中看不到边际。过了一段路后，右前方出现了缓缓的斜坡，左上方是高耸入云的大山，山的背面是悬崖峭壁，峭壁下是汹涌的河流。

　　他不敢下坡，一下斜坡就被敌人发现，为此他选择上高山，只得赌一把。

　　杨健明气喘吁吁地上到山腰，感到已精疲力竭，如果再这样逃下去，后面的敌人会很快追上，他和连长都会成为俘虏。

　　为了躲避敌人，杨健明迅速在半山腰找到一个僻静处，用随身携带的刺刀刨着岩石下松软的泥土。泥土很软，是黑色的，一刨就是一个碗口大的坑，他没有费多大的劲就把一个坑刨好了，像个不规则的墓穴。他把连长顺着岩石放进坑里，又用刺刀劈来些树枝搭在上面作铺垫，再把刨出的泥土盖上去。

　　为了保证连长的呼吸，杨健明把连长头部位置的泥土抠得宽松，并在连长头下垫上干草和腐叶，再在上面搭建结实的木条，在木条上放一块能遮掩住头的石板，随即扯断身边拇指粗的斑茅竹，做成通畅的竹管，插在木条和石板之间，以利连长通气。随后,他把附近的干树枝拉来盖上,伪造成没人来过的模样。

做完这些,就听到了敌人搜索的脚步声。杨健明猫着腰悄悄摸索到侧面,向上山的敌人连开数枪,然后向山顶爬去。

爬到山顶的杨健明面对的是万丈悬崖,其实这些悬崖和老家的相比还较逊色,他打猎时,老家的悬崖难得住猎物都难不住他。

杨健明手抓岩石之间的缝隙,身轻如燕,几个连环跳就到了悬崖的山腰。他双手抠住岩石缝隙,借助不平整的岩石垫脚,紧紧贴着崖壁,下方是滚滚而过的河流。

不一会儿,山顶上传来敌人的声音,还听到枪声从头顶飘来,子弹冲向崖脚的河水,发出"噗噗"的声响。

又过了一会儿,他听到噼里啪啦的火烧声从山顶传来,杨健明知道敌人已经下山,那是在做最后的火烧搜索。

他非常担心连长的安危,再过了一会儿,山上偶尔只有树枝"吱吱"的炸响。杨健明暗暗使劲,咬紧牙关,用腾出的右手往上一抓,身子随之一跃,如此几个跳跃后,杨健明就到了山顶。

他躲在一块巨石后面,山顶火烟弥漫,烟味直窜鼻孔,直熏眼睛。他观察了会儿,见无险后,就几个猫跳来到了藏住连长的位置。

眼前的景象让他心急如焚,盖在土上的树枝已烧成灰烬,只有缕缕青烟在扭曲着身子,灰白的灰烬覆盖了一层。他迅速扒开火星和冒着热气的泥土,快速地把搭在连长身上的枝条拉开,把连长头部位置的石块取出,一摸连长的鼻孔,有气。这时连长一声咳嗽,就哼了起来,杨健明又惊又喜,他赶忙扶起连长,蹲下身子,轻轻把连长背在背上,迅速往山下的森林疾速而去。

三十三

一个星期后,老人渐渐能下床走动,杨老爹把剩下的大洋交给姑娘,让她给老人买点有营养的东西补补身子。老人硬是不让,说人只要缓过了那一口气,就会慢慢好起来,穷人的命没那么金贵,不用补。

一个晴朗的下午,老人带杨老爹到屋后的山上散步,便将自己的身世向杨老爹和盘托出。

原来老人不是本地人,他叫陈浩然,也是从东北逃难而来。

1931年,日本占领东三省,大批民众向全国各地逃难。陈浩然带着妻女,一路来到西南。可能是水土不服,妻子一路生病,没有死在日本人的枪下,却死在了逃难的途中。

简单掩埋妻子后,陈浩然带着女儿陈娜漫无目的地走,当到鹿县这个荒僻小县,看到这里山清水秀,宁静自然,就花了六块银圆买了现在的住宅,平时他以祖传秘籍给人看看风水收些小费为生。

说到这里,陈浩然便将有意传授给杨老爹祖上风水秘籍的想法说了出来。杨老爹喜出望外,立即向老人跪拜。

陈浩然把杨老爹扶起:"您是我的救命恩人,我看得出,您心地善良,传给您,我放心。"

当天,陈浩然便带杨老爹去看一些有钱人家主坟的风水,实地指出所占风水的优劣。

陈浩然说,风水是一种学问,一种传统文化。风水的历史相当久远,在古代,风水盛行于中华文化圈。

陈浩然歇了口气，便继续介绍。风水，即为相地之术，古称堪舆术，相传风水的创始人是九天玄女，比较完善的风水学问起源于战国时代，是中国历史悠久的一门玄术，也称青鸟、青囊，较为学术性的说法叫作堪舆……

第一次接触风水，杨老爹听得云山雾罩，虽然不懂，但他还是认真听着。

随后，陈浩然带着杨老爹来到屋后的山上，指着对面山下不远处的县府办公大楼给他讲解。陈浩然说，假设他们就站在大楼门口，那门口的院落就是堂局。

堂局的左方，风水学称为青龙位。一般来说，好的青龙位，要有弯曲的河流或曲折逶迤的山脉或各种形态良好的建筑群落。也就是说，居住的左边建筑物一定不能高于住宅。如果太高大，风水学称为"宾主不相称"，又叫"奴欺主"，会被上司责难。龙在中国古代为尊贵之神物，青龙象征权力、富贵、威严等，如果住宅的左方出现了低矮、破损、地势小的建筑物，就预示着权力的丧失、疾病的发生，家中丈夫懦弱、无为等。

右方，风水学称为白虎位，白虎就是比自己住宅低的小山或建筑物。一般来说，白虎是凶神，代表疾病、刑伤、意外灾害等。有道路、河流在住宅的右侧时为最佳，风水学上称之为"隔河望虎"，是最佳的风水格局。白虎还代表财富，风水中讲"山管人丁水管财"，住宅在白虎方位上出现河流、池塘或空地，外有小山脉，则财源广进；如出现高大建筑物紧邻住宅，风水称作"白虎压宫"，会因官司破财或出现意外伤灾……

前方，在风水学上称之为朱雀位。朱雀代表口舌是非、官讼、争斗、麻烦、文书之事等。住宅前方的建筑物、山脉不能太高，太高则称为"奴欺主"。因此在风水中住宅的前面要留下一块空地做小池塘，用于阻挡朱雀凶的力量。这一小块空地或池塘，在风水学上称之为"明堂"，风水中讲"水聚明堂富千家"，也就是说住宅前如果有空地、小池塘，远方再有其他的建筑物或小山脉，这样的风水格局非常有利于所居之人的金钱运，也利名声、文书事业。如果前方道路窄小，又有比自己高大的建筑物，将会招致口舌官非，麻烦不断，名望会受到攻击破坏。

后方，在风水学上称之为玄武位。玄武代表贵人的帮助，社会和经济的保障、财产的稳定等。如果住宅的背后出现了低矮的小建筑或池塘等地形，那么居住在这个宅子里的人就会身心不安、事业动荡，会有小人暗中破坏或财产的流失等不利的事情发生。总之，住宅应该是前低后高、左高右低，这是最佳的风水地形。

讲完了四个方位，陈浩然又做了总结概括。

他说，左青龙右白虎，不怕青龙万丈高，只怕白虎回头望。穴左的青龙砂和穴右的白虎砂都不宜太高，白虎砂更要低俯一点。传统风水认为青龙方应该略强于白虎方的形势，如此才能保持力量的平衡……

简单讲完风水的基础，陈浩然指着县府大楼又进一步分析给杨老爹听。

从县办公大楼来看，玄武位虽然气势高大，但由于没人管理，开山炸石普遍，又有公路拦腰横断，所以县政府气势将矣。

又拿左方青龙位来说，本来一片整齐民居非常之漂亮，可是县里却要修个什么练兵场，硬把建筑群落搬到右边，青龙破败不堪，难以护主。

左边的建筑群搬到右边后，右边则围绕县政府大楼进行建设，右边迅速变得强势起来，违背了"宁可青龙高万丈，不愿白虎抬头望"的风水常理；再看前方朱雀位，前面青山太高"奴欺主"。

从风水学来看,县政府专门欺压百姓,不顾人民死活,不得人心,国民党气势已尽,必败!

杨老爹听了陈浩然的实地详解,顿感老人绝非等闲之人,顿时佩服得五体投地。

在鹿县县城的这段时间,在陈浩然的指点下,杨老爹学到了很多风水知识,只要在实践中稍加运用和总结,逐渐会得到提升。

见陈浩然病情好转,他不好意思再在老人家里待下去了,准备向陈浩然父女辞行,回到老家岩上。

告辞的话还未出口,陈浩然却说了句让他始料未及的话。陈浩然说:"老朽承蒙您搭救,如不嫌弃,我把小女陈娜许您为妻,不知您意下如何?"

陈浩然话一出口,陈娜不好意思地扭身出门,杨老爹却窘得满脸通红。

其实陈娜出门没有走远,她背靠屋外门框,想听听杨老爹对自己的看法。

杨老爹嗫嚅半天,才挤出了句:"怕陈娜不同意。"

陈娜这时闪身进来:"我愿意。"

说罢,又红着脸闪身跑出了屋。

陈浩然见两个年轻人都有心相许,喜悦之情溢于言表。他说:"我只一个要求,我只有姑娘这么一个亲人,我要随她陪嫁。"

此时,杨老爹动情地走了过去,轻轻拥抱着陈浩然:"我会好好待陈娜的,也会好好孝敬师父您的。"

杨老爹和陈娜算互定了终身,陈浩然选了个吉日,杨老爹准备完婚后带着他们一起去岩上。可是,完婚才几天的时间,又一件事情找到了他。

三十四

杨健明背着连长上气不接下气,才走出森林,就碰到了在其他山头完成阻击任务前来接应的小分队。

为了确保阻击任务胜利完成,小分队化整为零,分成三线阻击,其他两线也损失不小,营长胡瑞明等不到连长这条线的汇合,就断定这条线遇到了阻力,于是就安排一支小队前来接应。

杨健明把连长交给接应的小分队后,顿时一阵头晕目眩,一头栽倒在地。

等杨健明醒来,才发现自己已躺在小分队搭建的临时帐篷里。

杨健明在背着连长跑时,身体机能发出应急反应,达到了极限;当一松弛下来,这种力量就反弹回去,造成了身体的极度虚弱。

杨健明在营地帐篷里躺了两天,能量得到补充后,精神便渐渐好了起来。

随后,他们又接到了新的任务,从侧翼进攻改成殿后,跟随在大部队身后,参加搜救在雪山草地上落伍和失散的红军。

后来,杨健明所在的连被编入了五兵团某团,连长已升任团长,大个子营长胡瑞明已调任某旅任旅长。

也就是这个时候,杨健明奉命任五兵团某营营长。

在解放战争中,有极少数对人民犯下滔天罪行的国民党顽抗分子,抱着反攻大陆的白日梦,在乌蒙山区的深山密林之中,以洞穴作为天然屏障,企图与解放军顽抗。

这时，担任某营营长的杨健明奉命带着队伍强行军，在一个月黑风高的深夜到达岩上窗子洞对岸。

通过地形侦察，发现窗子洞所在的悬崖笔直无可攀缘，只有一条横挂于绝壁间的栈道可以通往洞穴。那个横挂于绝壁间的栈道被土匪在中间修建了多个挡墙工事，要想从那儿通过，根本毫无可能。

大家在讨论作战方案时，一致认为，要在短时间内端掉对岸国民党残兵和土匪，没有重武器是很难作战的。

怎么办？

杨健明依稀记得上游约两公里处有一座索桥可以通过，但时隔二十多年，究竟索桥还在不在，得去侦察。

因为他对这一带地形熟悉，所以师部就让他带一个营的兵力到窗子洞剿匪。

这一天，杨健明等得非常辛苦，但马不停蹄地战斗让他来不及多想，有时他想自己是否有命等到老家岩上解放的那一天。

大脑一停下来，杨健明就想到杨老爹杨华，他不知道杨华的死活，这个从小和他同甘苦共生死的堂哥，如今怎么样了呢？

堂哥大他几个月，小时经常生病，找了个先生算了一下，说杨华这个名字和他的八字相克，要改个非常难听的名字，于是给他改了杨老爹这个名字。

他俩半大的时候，悄悄跑来窗子洞这边玩了一次，被叔叔杨少清知道后，着狠狠地收拾了顿。往事浮上心头，虽然久远，但历历在目。

去上游侦察的任务非杨健明莫属，他给副营长简单交代了下，就带着十来个身手好、枪法准的战士连夜摸去。

他凭着记忆，带着战士们摸到索桥。索桥上的木板被土匪拆走了，只有两根碗口粗的铁索悬在空中，在月光下泛着冰冷的清光。

　　杨健明在河岸观察了会儿，地势虽然险要、河谷虽然幽深，但河面不宽。

　　凌晨两点，叫累的虫子休息了，连流动的河水也犯困了，高高悬在天空的星星忽明忽暗，好像预感今夜这里会发生战斗，悄悄看着不说话。河水偶尔发出翻身拍打河岸的声响，像是在梦呓。杨健明对身旁的战士耳语了几句，只见那个战士轻轻拍了拍身旁两个战友的肩，三人像午夜里的蛇，快速地梭到铁索桥头。只见他们双手一抓上铁索，就与铁索融在了一起向对岸爬去。

　　他们刚一着地，守在岸边打盹的土匪还未来得及哼一声，就被打昏塞着破布捆绑在一旁。

　　杨健明见手下控制了对岸，一挥手，就带着身后的战士像离弦之箭扑向铁索，射向对岸。

　　他们没有休息，沿着山中小道向上摸索爬去。

　　爬到横跨在半山腰的栈道时，杨健明改变了主意，改侦察为偷袭。

　　他觉得十多个人足够了。

　　他简单地分了工，两名战士守住上面下来的路口，两名战士守身后的栈道，以防土匪从上面和后面支援。他则带着剩下的战士从栈道往洞口方向移动。

　　土匪压根就想不到解放军会这么轻而易举地来到身边，一个个关卡形同虚设。他们凭着手中锋利的刀，没有打响一枪，不一会儿就摸到洞口右边。

　　他们像影子一样移动着，这里应该有个侧门，要走几步石阶才到门边，对着他们的门的左右两边有半腰多高的围墙，巨石垒就，墙上左右两边各架着挺机枪。

　　这时，有个守在枪旁的土匪面向他们伸了个懒腰，杨健明来不及多想,便把集中好的手榴弹夹在腋下一跃而起,在离侧门二十多米处扯开引线,迅即投向门去。

随着"轰"的一声巨响,门侧边的崖壁被炸掉了半边,四四方方的门被炸成了一个不规则的洞口,像老虎的嘴巴里被塞进了根钢钎,张着的嘴巴已合不上。

爆炸声响过,卧伏在栈道上的杨健明和身后的战士迅速跃起,他们端起冲锋枪边扫射边掷手榴弹,轻而易举地突破了土匪设置的第一道防线,正在架云梯的战士趁此机会从正面迅速上洞,不费吹灰之力就进了洞口。

三十五

王老八酒的天,正好把经念完。

一早,张前就去休息了。

杨老爹被赶走后,张前就当了大师,累了就睡杨老爹来时准备休息的床。

这时王大八进屋问:"明天几点抬上山呢?"

张前默然地掐指算了算:"狗是戌,八点抽,明天太岁压本命是猫的属相除不开,猫是寅要避之大吉。"

"那今晚好久开路?"

"子时,子时开路是金贵上上大吉。"

这天无多大事,只是王大八的女儿要来下祭。

下祭这样的小事已不劳张前大驾,那几个跟班就能应付一切。张前整天都是休息,只是吃饭的时候叫他就行。

下午四点左右,王老八的女儿来下祭了。

　　王老八的女儿王晴嫁在镇上,离这里十来公里。王老八去世的时候,急急地来哭了一场,然后就回去准备下祭的事了。

　　王晴在镇上开了个照相馆,家境还不错。

　　王晴小的时候聪明伶俐,她不想在人们认为风景秀丽的岩上生活,她觉得岩上就是大山,交通闭塞。此前的森林全被破坏了,王晴想靠自己的努力改变自己。

　　王晴的母亲生下她后就去世了,是父亲把她养大的。她读完初中,没有考取高中,父亲不想让她继续读书,想给她找个好点的人家嫁了算了。但倔强的王晴不顾父亲的阻拦,就跑去县城学照相。

　　她边打工边学照相。她打工的地方就在相馆旁的餐馆,每周去两天,每天十元。虽然不多,但她的生活费足够。

　　王晴小的时候不怎么漂亮,可是在外面几年,稍加打扮,出落成了一个美人,走到哪都像一束光,照得人眼花缭乱。

　　由于爱好摄影,她认识了不少摄影爱好者,同行看到她魔鬼般的身材,建议她做模特,当然这模特不是白做,会给她一定的报酬。

　　王晴是学摄影的,她知道做模特没什么,但那时模特在县城才刚刚兴起,要想打破人们的思想禁锢和家人的传统观念,她还不敢迈出这一步。

　　她虽然违背了父亲的意愿继续读书,但父亲仅仅是生了几天气而已。每当她回家,父亲还是很疼爱她,几个哥哥还以有这个出息的妹妹而自豪。

　　王晴想开一家摄影店,可是因没有资金只好作罢。

　　让她改变自己初衷的是父亲的病重。

　　看到父亲整日躺在床上,王晴心如刀绞,就力主把父亲送到县里治疗。那时没有合作医疗，一住院钱就像流水，几个哥哥一听妹妹说要送父亲去县城治疗，就说："送可以，费用只能靠你想办法了。"

哥哥们靠她，她又靠谁呢？

她只得向朋友和同行借，朋友处没借到多少，同行处却借得不少。因为朋友怕她还不了钱，同行不怕她还不了钱，相反同行还巴不得她还不了钱，这样可以让她做模特抵账。

住在医院里的父亲怕花女儿的钱，也怕死在医院，于是天天嚷着要出院。

王晴经不住父亲的吵闹，问了管床医生，医生说她父亲的这种高血压伴脑血栓要治愈根本不可能，但已经好了百分之七八十，可以回家吃药慢慢养。

王晴给父亲办出院了，并找了同行的车送父亲回到镇上，在她家休息几天后，就送回了家。

村人看到王老八治好回来了，连夸他有个好女儿。

可是王晴这个好女儿没有在老家多留，把父亲送回老家交给几个哥哥后，就急着赶回城里想办法，因为她要还很多的钱。

犹豫了几个晚上，王晴最终决定做模特，先把账还了再说。她觉得只要守住防线，保住清白，无论外人说什么都无所谓。

但是王晴想得太天真，她走出这一步后，家人对她的态度来了个180°大转弯，视她为一种传染病，拒绝和她往来，连父亲也发誓不再认她这个女儿。

三十六

有关王晴的风言风语,是从镇上传来的,什么样的说法都有。不管怎么说都是伤风败俗的事,是丢祖宗脸面的丑事。

说的人说得有鼻子有眼,说是亲眼看到、亲耳听到,这不得不让家人深信不疑。因为说的人是背着王晴说的,王晴一直都蒙在鼓里。

有次王晴回家,看到几个哥哥见她来了就迅速转身关门,父亲气愤地拒绝她入家门,让王晴一时百思不得其解。

王晴在村子里走,人们避而远之。正好被在路上游走的杨老爹看到,就把她喊在一旁,如实告诉她家人反常的原因。

王晴一听,犹如五雷轰顶,泪水夺眶而出。这事不能争辩,会越辩越黑。

那天王晴气得浑身发抖,幸好有杨老爹的安慰和劝导,要不然她真想一死了之。

王晴不知道自己是怎么离开岩上的,发誓以后再也不回岩上了。此时的王家三兄弟为有这么一个妹妹而感到羞耻,坚决不再认这个妹妹。相互起誓不让她踏进王家门半步。

王晴到镇上安家落户的是因为一个机缘巧合,她在一个采风活动中认识了她的爱人黄忠。

黄忠是个老师,也酷爱摄影,他知道王晴做模特的事。

他想过追求王晴,但对漂亮高冷的王晴,他没有勇气和胆量。当王晴的流言蜚语传来的时候,他也是一脸的愕然,怎么也不相信王晴会做这种道德败坏的事。

通过深入的交往和了解，他也证实了王晴不是像传言的那种女人，于是他对王晴发起了猛烈的进攻。他的诚心打动了王晴，最终确定了恋爱关系，不久就结了婚。

婚后，他们在镇上租房子开起了照相馆。

王晴出嫁，王家几兄弟没有来，还真不把王晴当亲人。王老八想来，但想到对女儿的态度，又很难抹开脸面。

王晴想不到家人会对她如此绝情，这坚定了她不回岩上看望亲人的念头。

但血浓于水，不是说断就能断的。王老八从面子上不接受女儿，但他的内心深处还是思念女儿的，在他临死前就能看出来。

几年后，王老八又老病重犯，犯了病的王老八没有第一次幸运，第一次住院有女儿撑着，这次女儿还会来送他去医院吗？

王老八躺在床上，三个儿子干守着，晚上有三三两两的亲戚和寨邻前来守夜。

看到王老八的病越来越严重，有人建议送去医院看看，有人建议去找郎中望望，有人建议去请乡间巫师来跳跳神。说什么的都有，但三兄弟像商量好似的，一言不发，充耳不闻。

王老八虽然病重，但头脑还清醒，心里跟明镜似的，三个儿子是怕花钱不说，还怕他死在外面。

王老八想得没错，三个儿子堂而皇之的理由是怕他死在外面。上次住院的时候医生说他这种病是治不好的，只能靠养。他们认为治不好的病何必去治呢？没必要再去花冤枉钱。

其实，主要的问题不在这，关键是没钱。

王老八生病的事，三兄弟没有告诉他们认为不存在的妹子，他们觉得这事已经与那个妹妹无关了。

王晴得知父亲病重是秦敏说的，秦敏回岩上看望杨老爹时，杨老爹让她告诉王晴，让王晴来看看她的父亲，说这是她和亲人修补裂痕的一个机会。

王晴来了，三兄弟虽然没有好脸色，但没有拒绝她进入王老八的屋里。

看到父亲骨瘦如柴、面色蜡黄、病入膏肓的样子，王晴心如刀绞，泪水涟涟。

她再次决定带父亲去医治，但这不是她想带就能带的，因为三兄弟不同意。

首先是医药费的事怎么办？其次是如果死在外面进不了家门又怎么办？

第一个问题好解决，第二个问题却让王晴难以回答。

王晴很气愤："难道要眼睁睁地看着父亲这个样子你们心里才好受吗？"

此时的王晴不知哪来的强硬，她不管哥哥们同不同意，硬生生地找来几个人用担架把父亲抬到镇上，然后找了辆车把父亲送去了县城。

或许是疼痛难受的缘故，王老八没有拒绝女儿的做法。

王晴把父亲送到县医院住院治疗，一个星期后，她父亲的病不但没有好转，反而加剧。王晴问内科主任，主任说："你父亲的病不在脑梗上，胸腔有积液，怀疑是肺Ca。"

"Ca是什么？"

"癌。"

一听到癌，王晴的脑袋"嗡"了一下，顿时一片空白。

主任见王晴神情恍惚，便安慰道："这是我们的初步诊断，我们这条件有限，不一定准，建议转到省城进一步确诊。"

王晴觉得父亲好不容易出来治病，就这么回去，心有不甘。

她马不停蹄地把父亲转到省城，最后确诊为淋巴上皮瘤样癌，医生告诉她这是一种恶性肿瘤，早期可以手术治疗，但她父亲这个已经是晚期了,况且年龄又大,治愈的可能性很小。

王老八住院期间,王家三兄弟从来没有问过,好像与他们无关。杨老爹实在看不下去了。

在一个月亮高悬的夜晚,杨老爹慢步去王大八家闲聊,说着说着,就说到了他家的家事上来:"你的妹子背着个莫须有的坏名声,哪怕你们的父亲对她有看法,人家都不计前嫌,现在又主动把你父亲接去治疗,你们应该主动问问吧。"

王大八认为这是个理,但他拐不过弯来,老是觉得妹妹丢了他们王家人的脸。

"我们兄弟仨起过誓的,不再认她是我们王家人,她想做就等她去做吧,与我们无关。"

"那你想你父亲死在外面吗?"

这是个问题。

在岩上,有儿子的父亲死在外面,进不了家门,那是要被戳脊梁骨的。

这击到了王大八的要害,他真怕父亲死在外面。

杨老爹一走,他把两个兄弟喊来,准备第二天去把父亲接回来。

他们还没等到第二天,当天晚上,王晴就请人带来口信:"老爸已回镇上,想看的就过去看一眼。"

王大八一听,就感觉父亲有可能不行了。如果父亲真的进不了家门,他们三兄弟真的就难在岩上立足了。于是兄弟仨赶忙分工,老二老三去接父亲,王大八在家为父亲准备后事。

王老八被接回来了,是用担架抬回来的,脸瘦得黑黑的,只有骨头,没有一丝血色。

让王大八惊喜的是父亲还有气,就急忙背进里屋,把上起的导尿管接到床下,一副很孝顺的样子。

王老八躺在床上，气如游丝，整天闭着眼，时不时看到嘴唇翕动一下。

自从父亲在她家被接走后，王晴再也没有到过岩上。

王大八、王小八、王小蛋三兄弟天天守在父亲床边。父亲吃不下东西，只能喝少许糖水，屙点点滴滴的尿，淌在床边的尿袋里，黄黄的，像屋檐水。

看到父亲天天都有一口气，三兄弟开始支持不住了，就排班轮流守夜。

半个月后的一个晚上，他们看到父亲突然睁开眼，想吃东西。王大八媳妇急忙把煮好的粥端来，王老八破天荒吃了一瓢。

来坐夜的一个老人说："你父亲要走了，这是回光返照，去准备后事吧。"

第二天晚上，王老八睁着眼在人群里寻来寻去，像特别有精神的样子，好像在找什么。

一会儿后，突然像很累了似的，闭上了眼睛。王大八媳妇伸手探了探鼻息，感觉公公像没了气，赶紧从荷包里掏出几张钱来，折成小砖头，急忙放进公公的嘴里含住。她的举动似乎把公公惊醒了，王老八突然睁开眼，在屋内左看右看。

公公的样子把王大八媳妇吓了一跳，慌忙把钱掏回去。王老八不满地嚅动一下嘴唇，声音细细的，断断续续，但足够吓人："你……急……什么……呀，媳媳……妇。"说完，像很累的样子，喘了一会儿，又用僵硬的舌头断断续续地说，"你……来得……及的……呢……"他正把手伸进枕头底下，就落气了。

王大八忙伸手往枕头下摸去，原来枕头下放着一扎壹角、两角的纸币，这应该是他父亲的积蓄。

屋内的人们在想，他是要把钱给儿子，还是要给他的女儿。但不像给他的儿子，应该是想给他的女儿……

因为在他生命的最后一刻，一直坚强地看、顽强地等，却没有等到他要等的人出现。

三十七

王晴接到父亲去世的消息，没有过度地悲伤，她觉得自己已经尽心尽力了。

特别是父亲住院的日子，作为女儿的她，端屎端尿，跑前跑后，找人求人，一个人坚强地顶了下来。

她的所作所为父亲是看在眼里的，对三个没有到场的儿子，王老八只有一脸的无奈和叹息。

面对忙活中的女儿，想起此前对女儿的绝情，王老八常常感到愧疚和无地自容。

王老八好几次都想对女儿说声"对不起"，可话到嘴边又咽了回去。

王晴赶到岩上的时候，父亲已被收拾停当，躺在堂屋一角的门板上，硕大的身躯缩小了，穿着华丽的新衣像要去遥远的地方赴一场浪漫之约。

看着直挺挺躺着的父亲，想着自己被父亲背着抱着喂饭的童年时光，王晴死死压住的悲伤变成呜咽。王大八走近她："要哭出去哭，不要让哭声把他老人家惊醒。"

王大八的语气显然还不承认和原谅他这个出了大力的妹妹。王晴顿时觉得自己留在这里似乎成了多余的人，她没有告别，只身挤出人群，孤单的身影消失在村口。

王晴走后，王大八把两个弟弟喊来："老爹的医药费是王晴出的，老爹的安葬费我们不要她出一分钱，即使借也不要去她那儿借，如果谁用了她一分钱，就把他驱出家门。"
　　两个弟弟没有言语，因为长兄如父，王大八说什么就是什么。但他们觉得大哥对妹妹的这种态度实在太过了。虽然这样想，但没有谁提出意见和反对。
　　王小蛋曾经想过去找妹妹借钱，或找妹妹担保，但一想到王大八的冷言警告，这种念头一下就被浇灭了。
　　开始的几天，王晴一家都没有出现，到酒的天从她家那传来消息，说要来下祭。王大八听后，坚决不允。
　　又是杨老爹来说。杨老爹在村子里是很有威信的人物，他的话在村人心里是有相当分量的，即使没给王老八做丧事，但他每天都会来坐坐。
　　当杨老爹听说王大八不允许妹妹家来下祭后，气愤地对王大八数落起来："老八，你也是一把岁数的人了，为什么像一根筋老是转不过弯来呢？你妹妹就是你妹妹，这是谁都改变不了的事实，况且那些事都是子虚乌有，已经过去好多年了。你妹要来给父亲下祭，那是天经地义的，你阻止不了，也没必要阻止，更无权阻止。"
　　杨老爹愤愤地说完，王大八红着脸唯唯诺诺，心意才有所松动。
　　王晴来下祭是很气派的，也许是想挣一个面子吧。除请吹鼓手外，还抬来了一头宰刮好但没剖开的猪，牵来了头又大又肥的黑山羊；请来了一群人，分别拿着形态不同的灯笼和品种不同的荤菜，同时还有纸竹扎成的纸库（形似房子，内装纸钱，仿佛现在的保险柜）、纸马或轿子等手工艺品……
　　在岩上有个规矩，死者若为女性，丈夫还健在，那么只能为死者送轿；死者若为男性，其妻健在，只能为之送马。若死者为夫妻二人中最后一个辞世者，那么下祭者可纸马、纸轿、纸库一起送。

因为王老八是在妻子后去世，所以王晴家来下祭时纸马、纸轿、纸库全送来。他们一路唢呐声声，行至秋家寨口，鞭炮齐鸣，一直放到王大八家门口。

灵堂内做道场的先生听到鞭炮声，正要走出去看个究竟，王大八忙带着两兄弟赶进灵堂，说王晴家来下祭了。

话才说完，王晴家一干人等已到门口，做道场的其中一个先生忙站到灵堂边来，向着门外高喊："王老八老大人的姑娘王晴家到。"

先生一喊完，忙示意王家三兄弟带着媳妇、子女，按男左女右方位，依辈分、年龄大小顺序跪在灵柩两旁迎接。

负责放炮的迅速在门外鸣放了三响地炮（一种用直径为3厘米、高为15厘米的铁筒装上火药、引线的响器），以示恭迎。

王大八媳妇带着一干妇女给来下祭的妹妹、妹夫等一行发放孝衣、孝帕。

见她们穿戴完毕，先生就高声喊唱起来："一上香、二上香、三上香。"上香毕又喊"一奠酒、二奠酒、三奠酒"，奠酒毕又喊"一叩首、二叩首、三叩首"。

先生每喊完一句，来下祭跪在灵柩前的王晴家就行一次叩拜，灵柩旁的王家人也跪下还一次礼。

接着，先生便宣读祭文。祭文写了王老八悲苦的一生，写了王老八为王家兄弟姐妹操劳的一生，写王老八病痛时子女的无奈……先生的声音抑扬顿挫，带着悲伤，有些哀戚。念得王晴泪眼婆娑，最后忍不住抚棺痛哭。

下完祭，大嫂、二嫂拉着王晴走向旁边屋内说话去了。王大八张眼看了看,回过头来招呼妹夫黄忠落座,兄妹之间几年的隔阂瞬间就化为了乌有。

正酒这天,大家都是吃喝玩乐。好像死者去阴间的各种关卡先生在这几天已经打点完了,王老八在几位菩萨的引领下,一路平安而去。只等晚上开路后,明天出殡上山入土为安。

开路,是出殡的前奏。临近子时,只见大家七手八脚地把灵堂前的门框拆了,把灵堂内所有的东西拿上,在张前的引领下,送到离寨不远的十字路口,这时有人点燃了一束纸钱,引燃了带去的所有衣物和扎灵堂的物品。此行,张前没有穿道袍,只手拿绕钵,领着跟在身后的众兄弟高声朗唱:

奉请东方青帝君,
青依童子路,
手执一朵青莲幡,
愿来腾空早接引,
接引亡魂上天堂。

奉请南方赤帝君,
赤依童子路,
手执一朵青莲幡,
愿来腾空早接引,
接引亡魂上天堂。

奉请西方白帝君,
白依童子路,
手执一朵青莲幡,
愿来腾空早接引,

接引亡魂上天堂。

奉请北方黑帝君，
黑依童子路，
手执一朵青莲幡，
愿来腾空早接引，
接引亡魂上天堂。

奉请中央黄帝君，
黄依童子路，
手执一朵青莲幡，
愿来腾空早接引，
接引亡魂上天堂。

如此东南西北中都念，每念完一个方位都要打一次法器。念完后，众人才从原路返回灵堂。

开路后，就等着时辰出殡上山。

第二天卯时许，张前吩咐王大八等人打开棺木头部一角，露出王老八遗容，让孝子们再看最后一眼，胆小的赶忙别过脸去，不敢看。

只见王老八静静躺着，虽然脸部白渣渣的，但眼睛嘴巴闭着，一脸的安详，周身裹得严密，盖得厚实，感觉很是温暖。

王大八虔敬地走上前去，双手从头部伸了下来，捧着王老八的下巴扶了扶，看到扶正了，才默然地退到一边。

张前看遗容整理得差不多了，就端起出魂蛋米，把里面的米抓起，边口中振振有词喊出魂，边把米撒进棺材内。

直至把孝男孝女孝孙和在场所有人的名字念完，才停止。

紧接着,张前又拿起三张纸钱,默念道:

> 天皇敕令在人间,
> 奉请张良共鲁班,
> 拖下无情四块板,
> 吾今闭了鬼门关。

念毕,把纸烧了,吩咐旁边站着的人把棺木合上,最后把棺盖钉牢。

一切准备好了,旁边过来一群人,一起把棺材抬到门外横搭着的两条木凳上,把准备好的绳索从上到下绕了起来,捆好棺材,最后把四根木杠插进留下的活套里,把活结扎紧。

张前见棺木已经捆好,吩咐自己的团队把香案移到棺木前,开始念告别经。孝男孝女跪在棺木前焚香烧纸,念经完毕,上山时辰已到,张前突然提高声腔念道:

> 真武祖师下天台,
> 官将二边排,
> 众亲齐着力,
> 轻轻抬起棺木来。

然后把灵牌交给王大八,喊他前面带路,随着又一声:

> 子子孙孙做高官,
> 万代千秋代代发,
> 起!

八个主力抬着棺木前后两边,其他人员有些抬着棺木两边,有些跑在棺木前拉绳,棺木跨过孝男孝女的头,向墓地疾去。

三十八

杨老爹和陈娜在陈浩然的张罗下简单举行了婚礼,小两口甜甜蜜蜜的,整天眉来眼去。

看着两个孩子越亲密,陈浩然心里越甜蜜。

这是一个阴霾的早晨,天空愁得气鼓鼓的,好像是谁惹了它。

杨老爹躺在床上不想起,他在和老天赌气,看谁耗得过谁。

家里只有陈娜像只燕子飞出飞进,不是捅火就是捡煤,一会儿打扫卫生,一会儿又去担水。

陈浩然起得很早,杨老爹没有察觉,因为陈浩然要去乡场收东西到城里来卖。

这时,一个男孩和一个女孩找到了陈浩然的家,他俩站在门口的院坝里,眼睛盯着屋内。男孩和女孩虽然不知道杨老爹的名字,但认识杨老爹,杨老爹也认识他俩。

陈娜不认识这两个孩子,就问他俩找谁。他俩愣怔了半天,只说找人,又说不出找谁。陈娜见他俩支支吾吾,还认为是走错路的,就不去管了。

可是,正当她移步之际,两个孩子又不干了,眼睛总是盯着她,女孩还跑过去拉着她的手臂。

陈娜感到奇怪,有些纳闷:"你们来找谁呢?"

两个孩子说不出杨老爹的名字，陈娜就不知道他们要找的人是不是杨老爹，可是两个孩子站在门口又不肯离开，又不让她走。

相互僵持了半天，小女孩急了："那个叔叔耳大、鼻子大。"

陈娜一愣，在一起这么长时间，她还没太注意，随即把捡米的簸箕放在短凳上，起身进屋。

进屋去的陈娜轻轻拉开蚊帐，她怕惊醒杨老爹。但杨老爹早已醒了，在睁着双大眼看着蚊帐顶发呆。

杨老爹见陈娜拉开了蚊帐，有些疑惑地看见她。陈娜本能地把眼睛调向屋外："外面有人找。"

"谁找？是你找吧。"

陈娜不说话，两只眼睛紧紧盯着杨老爹，把杨老爹看得心里发毛，看了鼻子，又看耳朵。陈娜随即笑了起来："快起来了，真有人找，两个小孩儿，就在门外。"

一听是两个小孩，杨老爹心里一惊："是不是又出什么事了？"随即"嚯"地把被子蹬开，立即翻身下床，把脚跐进鞋内急急走出屋来。

好多时日没见，两个孩子又长高了。

看着两个孩子，杨老爹很亲热地把他俩拥进怀内，摸摸小姑娘的头发，捏捏小男孩的下巴，问他俩吃东西没有，最近怎么样。

这时，小女孩踮起脚尖，把嘴巴凑了过去，杨老爹便配合地蹲下身子，把耳朵递过去。小姑娘贴着杨老爹耳朵，只见嘴巴不停地动，嘀嘀咕咕的，看着他们亲热的样子，陈娜皱眉狐疑。

小姑娘说完，杨老爹面色凝重起来，大鼻子一张一合动了起来，肥耳朵一扇一扇的，像遇到了紧急的事。

只见他拍拍姑娘的肩,又摸摸男孩的脸,转身进屋迅速地洗了把脸,重新穿上衣服鞋子后,急急地走了出来。他转身跟陈娜说有急事,办好就回,没等陈娜回应,就急匆匆地跟着两个孩子走了。

小姑娘和小男孩的家在城郊东,杨老爹住的地方在城郊西,如果没有什么事,那儿的人很少来这里,这儿的人也很少去那儿。

他们没有从城中过,走的是城外的小道。小道沿着河弯,河有多弯,小道就有多弯,河岸的树木都是些柳树,绿茵茵的,有雾气在树间缠绕,也有人在雾中去去来来。

杨老爹无心看绿,也无意理雾。他们匆匆走着,两个孩子小跑在他前面,怕他不认识路似的。

快到救他的小茅屋时,就看到有个女人站在门口张望,有点焦急的样子。见杨老爹来了,便理了理头上包着的头巾。

杨老爹快进院坝时,女人没有与他寒暄,而是像不认识似的先进了屋。

杨老爹也不说话,很默契地跟了进去。这一切,被后面悄悄跟踪的陈娜看在眼里。

陈娜看到这里,没有跟过来,而是扭着身子跑着回去了,双手捂着嘴巴在哭,很伤心的样子。

杨老爹走进屋,还有两个男人在屋内坐着。屋内烟雾缭绕,女人一进屋就被呛得不停地弯腰,想咳嗽又不敢咳,忙用袖子把嘴巴捂住。

杨老爹也闻不得烟味,也用袖子捂住嘴巴,但仍止不住,只好用衣袖堵着嘴,咳声闷闷的,像闷雷从山那边传来。

女人忙用件旧衣服扇烟味,只见浓密的青烟往不大的门缝挤。两个男人看他俩的样子,忙磕掉烟锅里的残烟,随后把烟杆往裤腰上一别,才同杨老爹寒暄起来。

看着都落了座,其中一个男的先开了口:"我们不知道你姓甚名谁,但我们知道你是可靠的人,我们虽不是朋友,但实践证明,你比朋友还可靠。眼下我们遇到个难题,我们读书社的人都被监视了,出不了门,现在要急送一封信去上次你送的地方,想请您帮这个忙。"

杨老爹一听又是送信,心就提了起来,上次送信的场景还在他脑海里旋转,在他眼前晃荡:"我已被抓去过,虽然我不知道你们要做些什么,但我觉得可能是对官府不利。我已经有了爱人,有了孩子,我不想连累他们,让他们受到无辜伤害。"

说罢,杨老爹起身欲走。男人没有劝,女人没有留,谈话戛然而止,屋内立即静了下来,连掉一根针也能听到。

这时,女人横着右手用袖口蒙着双眼,发出一阵阵抽泣的声音,声音虽小,但在寂静的屋内犹如惊雷。

另一个斜着身子用右手支着头歪着脸的男人说:"她丈夫又被抓了。"

"为啥?"杨老爹像火烧了脚背似的跳转了身。

"为了这封信。"

此时,杨老爹感觉到这封信的沉重。他不想多问,他也不想知道信的内容,他怕惹火烧身。

他沉默了半晌,最后像下了很大决心似的:"就送这一次吧,这是最后一次,你们以后就不要再找我了。"

屋内的人一个都没有说话,杨老爹从另一个男人手中接过信封,一转身就出了门,快速地消失在雾霭之中。

三十九

杨老爹吸取了上次的教训,他怕和上次一样有人在半道拦截,就改走了他逃走时的密林小道。

小道虽然是山石旮旯,布满荆棘,不好走,但安全。

杨老爹是黑夜才把信送到的,他对收信人熟悉,但对收信的地方还是陌生。杨老爹因为累了,就草草吃了点东西,找了个安静的客栈住下,想明天一早再回。

杨老爹没有洗漱,一到客栈就和衣躺在了床上。

睡了一觉后,才翻过身,在迷迷糊糊中,隐隐约约听到隔壁有声音传来:"那个信已经收到了,这次要把读书社的成员一网打尽。"

"你会被发觉吗?"

"应该不会。"

"对了,上次欠的钱好久给?"

"不就是十个嘛,你看得上眼?"

"兄弟也是养家糊口呢,你也知道,再说我也要给那边的弟兄一点吧,要不他凭什么给我情报呢?"

"好吧好吧,别废话了,这次先给你五个,剩下的下次再给。"

杨老爹一听到"信""读书社",吓得赶快立了起来,心想遭了,他们会不会对茅屋突然袭击呢?

杨老爹无心思睡了,他急忙溜出房间,敲开了收信人的门,把在客栈听到的话一五一十告诉了他。

收信人拿不定主意，让他赶快回去把情况告诉茅屋里的人。说罢，把挂在柱子上的马灯取了下来，怕油不够，又拿了半瓶煤油给他，好在路上加。

杨老爹提着马灯小跑着走，不顾汗水涟涟。离茅屋门口不远，鸡已开始叫了。

越要到茅屋，杨老爹感觉步履越重。他把马灯关了，黑暗向他压来，他慢慢摸索着走近茅屋。

杨老爹举起右手轻轻敲了敲门，茅屋有三个门，中间一个，两边各一个。

杨老爹敲的是昨天进的那个门，因为昨天他进屋时看到屋内有铺好的床铺。

杨老爹的敲门声不大，但在寂静的夜里传得很远，吓得他赶忙停下手来，大气不敢出。

他站在门口，东张西望，畏畏缩缩，像个贼。

敲了几声后，见没动静，他又接着连敲了几声，敲后，急忙跳到了一边。

这时屋内有人小声地问："谁？"是个女人的声音。

"我。"

"昨天送信的那个。"

只听到屋内窸窸窣窣的，应该是女人在穿衣服和鞋。一会儿后，门"吱"的一声开了，声音不太完整，只到中途就刹住。

杨老爹轻手轻脚仄进屋内，屋里没有点灯，黑黢黢的，杨老爹累得想找个地方坐坐，但没有看到坐的地方。

女人想点灯，杨老爹不让点，他简单地把情况说了。

女人听了，呼吸急促起来，好像有些局促不安。

"情况紧急，怎么办？"杨老爹也着急起来。

女人站在窗边，透过薄薄的被岁月染得有些发黄的蒙在窗上的胶纸看着窗外,像是自言自语,又像是回答杨老爹:"启明星走了,天马上要亮了。"

两个孩子已经没有了睡意,从窗外透进来的微微亮光中,杨老爹看到他们横趴在床上,两只小手直直地托着脑袋,伸开的手掌像打开的花瓣,圆圆的脑袋枕在手掌上,像盛开的莲花,两双明亮的眼睛好奇地盯着眼前的两个大人。

随着一声接着一声的鸡叫,天真的要亮起来了,轻轻的流水状的薄雾从远处的山冈慢慢地流淌了过来。

女人要马上出门,她信守诺言,其他事再不找杨老爹了。他们认为已经麻烦杨老爹够多了,杨老爹是平民,要驱除眼前的黑暗,是他们读书社的事,与杨老爹无关。

但是回过头来看,当时之中国,如果没有千千万万的平民参与,如果没有万万千千的劳苦大众一起斗争,中国大地不知还要黑暗多久。

女人把两个孩子喊起来,两个孩子很听话,他们不明白大人的心思,但大人们叫他们干什么他们就干什么。

送信、送饭、放哨、打柴、挖地、放牛、打猎,他俩也是风里来雨里去,雪中行冰上走,脸冷得通红,脚冻得肿胀,两个孩子也没有怨言。

两个孩子也被抓去游过街、进过牢,但在舆论的谴责声中,被当局无奈释放,他们也没有哭过一声。

女人拉着起床站在身边的两个孩子交给杨老爹,这是最后求的一件事,希望他答应:"这两个孩子刚成了孤儿,父母都在我们的活动中牺牲了,他们的母亲是我的妹妹,父亲是教过我的老师。希望您帮助我们照看好,如果将来有一天我们胜利了,让他们把看到的一切告诉我们的后代。"

杨老爹无声地哽咽着,泪流满面:"您去吧,我马上把孩子带走，我会好好照顾孩子的，希望您们平安。"

四十

监狱内，高个子李羊桥被单独关在一个房间，五六平方米，能摆下一张窄窄的床，床边是一个可以方便的瓦罐。

在这狭小窄逼的空间里，李羊桥面对墙壁般厚的铁门，铁门中间有个像一把老铜锁样大的孔，能供外面的人喊话和观察室内的动静。门下是扇正方形的小门，能供瓦罐抬进抬出。吃饭的东西是个搪瓷花碗，都是劳工挑来从下面的小门舀进。

李羊桥拖着沉重的脚镣，慢慢移到高高的窗前，窗子小，又很高，接近房顶，尽管才几步之遥，但他仿佛用尽了一生之力。

溃烂的脚肿胀得像个棕色的棒槌，脸像涂了层黄腊，一只眼睛被肿胀的皮肉包裹着，好像那里面藏有刽子手犯下罪恶的证据。高个子想去窗前看一看，仿佛只有望着那个小窗，才能看到希望。

李羊桥的童年是在苦难中度过的，连父母死后他都无力掩埋。尽管光着脚丫，穿着破烂的衣服，但他的足迹还是遍布鹿县的山山水水，因为只有那些高山峡谷和溶洞才是他们这些穷人的生存之地。

李羊桥想走出鹿县，去外面的世界看看，可是当他吃生食喝生水走出鹿县的时候，又想回鹿县，因为外面的世界与鹿县一样黑。他在鹿县起码还熟悉，去到外面所见都很陌生，连要饭都找不着地方。

李羊桥在鹿县四海为家，哪里黑哪里歇。他记得他刚从乡下走进鹿县县城的时候，风云突变，天气骤冷，自己生病了，蜷缩在一户人家的门脚。从外面回来的主人知道又是一个无家可归的孩子，赶快进家拿了件旧棉袄给他披上，并把自家孩子感冒吃剩的药给他吃了，旁边放了个烤熟的粑粑。

天黑后，吃了药的高个子退了烧，吃了粑粑好像有精神了，他转到一家铁匠房过了一夜。

第二天天气又变好了，李羊桥过来还衣服，主人觉得这个要饭的小伙有意思，就给他几个铜钱让他收拾一下给自己当帮工。

李羊桥不要铜钱，他转身去了城外的河边，一个时辰回来，竟变成一个精干的小伙。

主人见小伙聪明帅气，竟喜欢上他了，让他早上帮工，下午去岱山书院听学，他的思想和人生就是在那个时候发生变化的。

给主人家当了半年的帮工，又到城北酱房厂当工人。鹿县枸酱效益好，酱房给李羊桥的工钱多，他就边做工边读书。后来李羊桥考上了省立师范学院，他去找当初救他的主人，但主人一家搬走了。经打听，主人叫陈钦，一家人不知搬到了何处。

去省城读书的李羊桥思想转变很快，又结识了很多进步人士，经人介绍后，秘密加入了共产党。

根据组织安排，李羊桥回到了鹿县，毕竟鹿县是他的家乡，他熟悉鹿县的一切，只有回到鹿县才能发挥他最大的作用，也只有在鹿县才能赋予他生命的价值。

李羊桥回鹿县的时候，岱山书院已经停办了，于是他创办了读书社，那个小茅屋就是他们读书社的活动点。

读书社吸引了鹿县很多有志青年，他们向广大群众秘密传播进步思想，点燃了鹿县武装斗争的火种。

李羊桥的上次情报传递是他革命的开始，因为敌人没有搜查到有力的证据,才幸免于难,但从此被敌人怀疑和秘密监视。

第二次是县府内潜伏人员传出的秘密情报。接到情报,李羊桥想亲自送出去,无奈敌人对他的监视太紧。这时,他想到了两个孩子的母亲,他们的母亲是那个地方的人,如果盘查就说回娘家,可以说得过去。但是,很多事情不像他想象那样,只要能说得过去就行。

孩子的母亲接到任务就准备出发。孩子的父亲想想还是不放心,这么重要的事情,他想一起去,不怕一万,就怕万一,一起去可以相互照应,确保情报送达。

有男人一起去,夫妻俩没有走正路,他们走的是山间砍柴和放羊的山道。

早晨的霜将将山道冻僵得像蛇一样扭曲着,女人走前,男人在后。畦径有些硬滑,走在前面的女人时不时会转身拉男人一把,男人也时不时扶一下走在前面女人的腰身。两人没有说话,很默契地走在弯弯曲曲通往前方大山的小路上,遇到有荆棘的地方,男人会走在前面,一手扒开荆棘,一手拉着女人。

他俩艰难跋涉,好不容易爬到山顶,才抬起头来,就有三个便衣像猴子一样相继从丛林中跳了出来,吓了他俩一跳。

原来这条路上也设卡了。

他俩不知道这也有人守着,事前只说去走亲戚、看母亲,但被拦下的他俩遇到的不是这种问题,而是被问为什么走这条路。

女人说这条路近,男人说走这条路还可以逮山鸡。

他俩的回答显然令便衣不满意,只得搜身。

搜身倒是不怕,因为他俩带的是口信,身上没什么证据。但他们不搜男人的身,要搜女人的身,并带着不怀好意的淫笑,这显然是故意的。

女人没往那方面想,心想搜就搜吧,身上又没有什么,再说有自己的男人在身旁，她什么也不怕。

不足十平方米的山顶被来来往往的脚踩平了，像个大簸箕样的亭子。四周长着半人多高的红刺猛，还有不知名的灌木。山顶上只一条路，路面基本上是石头，被踩得光光滑滑的。路的一边是鹿县，一边是他们要去的地方。

上得山顶，还得下到山脚，再爬一个坡，再走一段山路才能到达目的地。

上山时不好上，下山时也不好下，山顶除这条路像根电线搭在上面外，其他地方都是长满荆棘和灌木的悬崖，所以一般没什么特殊或很紧急的事是很少有人走的，平时是放牛放羊的路过。

三个便衣看着一男一女，根本不放在心上，特别是看到女人诱人的脸庞和鼓鼓的胸脯顿时就起了邪念。

三个便衣只一条枪，枪口对着夫妇俩，有一个空着手，两手抱在胸前，右脚斜斜地拄在地面，还一晃一晃的，很得意的样子；一个右手拿着根像春辣椒面的圆头短棍，不断地拍打着左手的掌心。三个人站在不同的方向，但眼睛都盯着女人。

男人预感到今天可能会凶多吉少，他做好拼尽全力用生命保护女人离开的打算，但他不知道女人是不是明白他的心意。

女人看出了三个便衣的色相，知道今天难逃一劫，她想趁便衣动手的时候，至少与一个同归于尽，把场面搞乱，让男人趁机逃出去把情报送到，但她不知道男人是否了解她的想法。

脚杆晃荡的男人过来了，露出一口发黄的牙齿，像刚啃过泥土似的，嘴巴带着食物的腐臭："把衣服、裤子都脱了，我们要检查。"

当一个人连死都不怕的时候，什么事情都吓不住。女人镇静自若，把手伸向上衣的纽扣，她看到便衣的后面离山崖还远着，自己扑上去，未必能把对方扑下崖去。再一转身看看自己的身后，只要一个侧身就能滚下山谷。

她侧过脸扫了一眼自己的男人，目光满含柔情蜜意，随后两只眼睛转向向她走过来的便衣男，便衣男弯着腰，神情猥琐。女人的眼神冷冷的，冒着寒气，像照妖镜一样死死照着移过来的便衣男，便衣男没有把眼前这个女人放在心上，他想只要他一出手，就会毫不费力地把女人捉住，到时他就强行把她拖走，任他摆布。

男人在暗暗运劲，两只拳头像要捏出了水来，恨不得把眼前这三个人模狗样的东西砸个稀烂。

女人好像无论怎么解也解不开纽扣，纽扣似乎是个摆设。那一排纽扣的确是个摆设，根本没有纽扣，那年头，女人自我保护意识都很强，她们做衣服时都喜欢做个假的纽扣，一来是不失衣服本色，二来可以对色狼起到一定的预防作用。

那个便衣男见女人解不开纽扣，就缩着脖颈把脸揍上去，想趁机把手伸过去，手找不到空隙，就在胸前划了一下。

便衣男的手爪落了个空，身体晃了下。此时，女人脑袋一缩，随即转过身，用头抵向便衣男的腰部，双脚蹬紧后面的石头，用尽全身之力往前扑去。

便衣男没料到女人会来这一手，还未来得及喊叫，身体像个黑色的袋子轻飘飘地飞下山谷。

男人瞬间蒙了，那双暴跳的拳头闪电般向持棍把玩的便衣击去，持棍便衣还未反应过来就仰天摔出去一米多远。男人顺势扑上去，向其脑部狠狠击了一拳，捡起块石头向持枪者甩去，持枪者本能地一躲，端起的枪被甩在了一旁。

男人见有了生机，便像只鹰一样扑向下山去的小路。

然而，让男人没有想到的是有个矮便衣迎着他爬了上来。这个矮便衣是和山顶上的一起的，矮便衣今天拉肚子，跑下山去找地方解手，才提上裤子又想解，干脆就蹲在原地边解边想心事。

山顶上噼里啪啦的声音传来，让他提起裤子往山上跑，正与飞跑下来的男人撞个满怀，矮便衣随即向后倒去，重重地撞在石头上，又弹跳起来滚下刺巴林里。男人因为矮便衣挡了一下，避免了撞在石头上的一击，随后弹跳到了灌木丛中。

山顶上那个持枪者瞬间反应了过来，大喊起来，就和刚爬起来的持棍者向山下跳去，只见解手的那个矮便衣头部鲜血直流，在刺巴林里软塌塌的没有了动静。

男人在灌木丛里挣扎着刚爬起来，持枪者和持棍者就扑了过来。男人挨了一枪托和几闷棍，一只脚跪下又站起来，两只眼睛红红的像熊熊燃烧的火焰，想把眼前这两只怪物烧尽。

男人被持枪者和持棍者用带来的绳索捆绑着手，然后一个夹持着一只胳膊拖上山，在山顶上又被两个便衣轮番毒打，最后奄奄一息，在拖下山的途中因流血过多而壮烈牺牲。

按照高个子李羊桥和夫妇俩的约定，情报送到送不到都要在中午吃饭时见到人。

李羊桥局促不安地等到中午，没有等到夫妇俩的消息，却看到两个从城里回来的孩子哭着扑在了他的怀里。

两个孩子是李羊桥喊去买酒的，李羊桥还杀了鸡，等他们的父母回来一起庆贺。

两个孩子买好酒，正往城门走，却碰到了便衣拖着一个血肉模糊的男人迎面走来。女孩仔细一看，拖着的男人就是自己的父亲，两个孩子历经风雨，内心成长强大，一般不会表露心迹，他俩强忍悲痛，出城了才放声痛哭。

两个孩子一出城就一路哭着，见到了李羊桥哭得更伤心。

李羊桥一个上午的心神不宁得到了证实，他让屋内的女人安慰两个孩子，现在摆在他面前的是先救人还是先送情报。

在这紧要关头，李羊桥犹豫再三，决定先把情报送出去再去救人。他已经顾不上那么多了，时间紧迫。

李羊桥出发前把一个布信封递给女人，并告诉她，如果太阳落山他还没回来，她就去找那个肥耳朵大鼻子的男人，那个男人送过信认识路，值得信赖。

李羊桥也是送的口信，他的想法和夫妇俩一样，选择走山间小道。

时值正午，锅里的鸡肉只差一口气就熟了，李羊桥等不及吃鸡肉了，他随便抓起一两个麦面烙的大饼就出发。

挂在头顶上的太阳像个大灯笼，烤得人不停地淌汗，李羊桥心想，这个时候的人歇凉了，应该安全了。他用手掌揩了揩额头的汗水，解开胸口的衣扣，不由得加快了脚步。

爬到半山腰，有人声从山上传来，不止一两个人。此时高个子想躲，可已经无处可躲，孤独的小道两旁全是密实的荆棘和灌木，要想马上钻进去，绝非易事。

山上的人下来了，一前一中一后，六个人用担架抬着三具尸体，后面跟着四五个人，都持着枪。李羊桥侧身使劲把肚子缩紧让过，三具尸体磕磕碰碰地下去了，后面的人却堵住了他的去路，李羊桥就这样被抓了。

李羊桥被反绑着，走在尸体的后面，到了县城才知其中有一个尸体是送口信的女人。

李羊桥得知这个消息后，心脏像被撕裂，走着走着就哇的一声吐了口鲜血。

李羊桥神志不清地被挟持着拖到了刑房，即使昏迷不醒也被捆绑在刑房的柱子上。他被冷水泼醒了，刑房里的人问他情报的来源和要将情报送往何处送给谁。

李羊桥没有言语，愤怒的眼睛像两把利剑，闪着寒光刺向敌人，让问讯者不寒而栗。

时间紧迫，一个晚上如果问不出游击队活动的情况，就不好进行兵力部署。

为了加快进度，尽快拿下高个子口供，敌人对他施用酷刑。李羊桥怒目而视，紧紧咬着嘴巴里塞着的破布，敌人每施刑一次都要掏下破布问他招还是不招，李羊桥不哼不叫，也不招。

折腾到半夜，李羊桥被弄昏死几次，又被泼醒，受刑的半边脸闪烁着令人胆寒的红光，吓得下手割皮的敌人也瑟瑟发抖。

敌人审讯一宿没有结果，只好将李羊桥押去大牢，等公审后枪决。

四十一

上级收到情报，敌人要从安顺运来一批枪支弹药。

游击队很需要这批武器，如果有了这批装备，攻占县城的希望很大。于是地下党秘密联系各路武装，集结到离县城五六公里左右的长岭岗，准备在那儿劫持国民党物资。

三路人马集结待命，准备拂晓出发。

此时交通站又向指挥部加急送来了份情报，说敌人送武器是假，想引诱游击队入网一举歼灭是真。

怎么办？两份情报都是隐蔽战线的同志冒着生命危险甚至不惜牺牲生命送来的。

箭已上弦，想放和收都很艰难。

在紧要关头，指挥部当机立断，迅速下达新的指令，把去长岭岗劫持物资的人员兵分三路：一路攻占县城营救李羊桥，一路阻击长岭岗回援县城的敌人，另一路在城外接应营救队伍。

通信员接到新的指令，迅速飞马传递，硬是在潜伏点把三路人马追回。

为了此次一举歼灭游击队，鹿县县府一夜灯火通明，他们放出去的第一个情报据内线反馈已经奏效，游击队已开始部署，等待落网。

第二个计划的泄漏是他们万万没想到的。为了防止泄密，确保计划成功，国民党鹿县县党部加强各关口的进出盘查，发现可疑人员和重点监控人员，立即逮捕关押。

此次敌人的重点是围绕假武器开展行动，他们在沿线布置重兵，两公里左右安排一队人马，能够确保首尾呼应。

这阵势看上去的确像有重大活动。

敌人运送弹药的车辆到达长岭岗，就在长岭岗休息，并有意暴露弹药吸引游击队，但没有成功。

时至中午时分，鹿县县城响起炸豆般的枪声，随后是轰隆隆的炮声传来，接着就看到火光冲天，周围的敌人感觉情况不对，意识到是县府遭袭，就放弃假武器行动前往县城支援，但却遭到了埋伏的游击队阻击。

攻城救人的游击队从县城北门涌入城内后，进展顺利，没有遇到阻力。

原来城内大部分兵力已经被安排外出参与围剿，城内兵力空虚，游击队一举占领高炮台制高点后，猛攻县政府和监狱，释放了关押人员，活捉了国民党县府要员。

找不到李羊桥，怕城外增援敌人反扑过来，营救人员迅速撤退，途中遇到敌人反攻，要不是城外人员接应，损失更加惨重。

没有救到李羊桥，游击队采取交换人质的方式，用国民党县府要员把高个子和牺牲了的送信夫妇交换出来。

李羊桥营救出来后，被组织上秘密转移到外地医治，送信夫妇被掩埋在拥有松林翠柏的山中。

半年后，李羊桥康复出院，被组织上派回鹿县开展活动。

1949年2月底，按照地下党的指示，李羊桥前往鹿县长岭岗参加各路武装负责人会议，会议决定采取夜间偷袭的办法攻打鹿县县城。

为保证暴动顺利进行，武装队伍临时编为三个中队，李羊桥对鹿县县城熟悉，担当带领三中队攻击县城的重任。他们从西门进入，控制了四门城楼，占领了鹿县县城，战斗持续到上午11时许，增援敌人逐渐多了起来。为减少伤亡，只得放弃占领县城，李羊桥在撤退中掩护战友时不幸壮烈牺牲。

四十二

杨老爹领着男孩和女孩来到他们居住的小屋，才得知男孩叫秦立，女孩叫秦敏，女孩比男孩大两岁。他们牺牲了的父亲叫秦怀玉，母亲叫时慧敏。

他们离开茅屋后，茅屋里读书社的成员迅速分了工，他们无法通知游击队，因为他们都出不了关卡，他们只得做好配合游击队活动的打算。

他们四十六个成员住得比较分散，一切都是按李羊桥临走前的安排进行。他们没有枪，只有梭镖和棍棒，还有铁锨、扬铲、短刀和锄头等。

棍棒是用粗壮的红刺猛在柴火中爆皮而成，红中透黑，具有很强的反弹力，杀伤力极强。一般的刀砍不断，打在人身上，外伤看不出来，内脏会受到极大的损伤，如果是打在头部，非死即残。

这个晚上他们没有集中，在临战状态也没必要集中，以防对方统一行动一网打尽。

这一晚，敌人也没有闲着，他们也在调兵遣将，聚集的兵力一大早就埋伏在长岭岗附近，目标是把游击队和读书社的成员全部消灭干净。

第二天天麻麻亮，读书社的每个人都从自己的家里出发，尽管寒冷从裤脚、衣袖、颈部往身上钻，但冷却不了他们激动的心，影响不了他们行进的速度。

山里沟壑纵横，路上敷了一层冰霜，硬硬的，连柔软的青草也变得发硬，好像一把把锋利的剑，似乎也要加入他们的行动。

他们不知往哪儿去，因为两个情报的内容他们都清楚，他们怕游击队钻入敌人布下的天罗地网，只好绕道在长岭岗后面的山上埋伏着，静观其变，以静制动，在必要的时候配合游击队消灭敌人。

指挥部调整战略部署的事他们不清楚，他们只知道长岭岗拦截武器只是计划的一部分，这个计划只是牵制敌人，确保攻打县城救人的计划成功。

当长岭岗对面鹿县县城响起枪声，这里的敌人见不到游击队的迹象，就胡乱地开起枪来，想引游击队主动现身，但没有成功，于是双方就在暗中僵持下来。

不一会，县城方向炮声隆隆，枪声大作，埋伏着的敌人等不及了，他们意识到已经上当，就纷纷爬起来往县城方向赶去，才到山脚就遭到了游击队的阻击，几边的敌人见游击队出动了，迅速像蚂蚁一样拥了过来，阵势对游击队显然不利。

读书社成员一见架势不妙，就把山顶的石头推下去，滚滚的石头砸向敌人，他们在不明真相中抱头鼠窜，读书社成员趁机蜂拥而出，把铁锹、扬铲击向敌人。游击队见后面有同志动了手，就主动跳出来和敌人干在了一起，一个个游击队员和读书社成员表现出视死如归的英雄气概。

见几边山的敌人在往这边扑来，游击队和读书社的成员便心领神会地边打边撤到了左边的密林深处，待敌人赶到时，游击队和读书社的成员不见了踪影，感觉已经上当，于是又赶忙聚集人员，少部分断后阻击，怕游击队反扑，大部分向县城方向赶去。

四十三

秦立和秦敏两个孩子很听话，在那个特殊的年代和环境，两个孩子像两个训练有素的士兵，一切行动听指挥。

杨老爹消失了一宿，陈娜失眠了一夜，她感觉自己太单纯幼稚，轻而易举且随随便便地相信了一个不知根底的外乡人，突然感觉自己像个大傻瓜，自己上当受骗了都不知晓。

平常起得很早的陈娜，这天却躺在床上懒懒地不想起，父亲早就起来转了几转，准备上街了，可陈娜都还没有起的迹象。

陈浩然心里明白，却什么也不说，他相信他的眼光，他相信杨老爹的人品，他相信杨老爹不会做对不起自己和陈娜的事。一晚不回，杨老爹肯定遇到了什么急事，但是什么事得等他回来才能知晓。

这时，杨老爹回来了。昨晚一夜没睡，没精打采的，加之又来来回回跑了那么远的山路，杨老爹的能量消耗得差不多了，感觉又困又累又饿。但一回到家，他就强打精神，做这做那。

陈娜见杨老爹回来了，故意不起床，还把身子朝向墙面睡去，露出没有眼睛的后脑勺，后脑勺虽不是眼睛，但却像眼睛似的，将杨老爹的一举一动都看得真真切切，甚至家里来了些什么人，她都清清楚楚。

杨老爹来到床边，陈娜一句话也没说，只是小儿子看到他来，小脚欢快地踢着，忙伸着白白的像瓣蒜一样的小手要他抱。杨老爹刚把双手递过去，就被陈娜一巴掌打了回来。

杨老爹知道陈娜肯定生气，也知道是自己的不对，自己离开时又不说清楚，可当时情况紧急，连他自己都不清楚。这件事情与他无关，他可以不管的。但如果不管的话，又感觉良心上过不去，对不住对方的救命之恩，也对不住对方对自己的信任，于是毫不犹豫地去了。

儿子看到杨老爹不理他，小嘴扁得像两片淡红的、正在开放的花瓣，一副很委屈的样子。杨老爹见抱不成，就改用右手摸摸儿子的小脸蛋，再用中指弹弹儿子的小脸兜。

见儿子不停地踢打着小腿，没有哭闹，杨老爹才把陈娜竖起的小肩膀翻倒过自己的面前来，直起身子，把昨天到今天的情况一五一十地说了出来。

陈娜听了杨老爹所说的一切，像耗子钻到了床上，一骨碌立爬起来，惊恐地说："你帮是没错，可是我们会被牵连的，我们得想办法赶快离开这里。"

杨老爹认为马上离开倒是没必要，他说两边的人都不认识他，他又没有加入哪个派别，目前暂时不会有危险。

陈娜这下似乎比杨老爹更有主见，她说："不是派别不派别的问题,主要是你帮助了他们做了对另一边不利的事情,就算两边的人都不认识你,可这边的人几次都能找到你。既然他们能找到你,对方也能找到你。"

陈娜继续说道:"孩子尚小,我不希望孩子受到什么伤害,我们小老百姓只求安安稳稳有口饭吃就行,能活一天就过好一天。"

杨老爹见陈娜说得如此悲观,情绪也受到感染。细细想来陈娜说得也有道理,于是,夫妻俩马上商量着离开这里的事宜。

第二天天蒙蒙亮,杨老爹一家带着两个托付给他的孩子踏上了归乡之路。

四十四

杨老爹现在的旅程和几十年前爷爷带着父亲和叔叔逃走时所走的路有着惊人的相似,不同的是他们没有走官道而是走小路,冥冥之中好像爷爷都在一路引着他们往安全的路段前行。

这几年,杨老爹一家生活也很不易。

杨老爹虽然得到了岳父陈浩然的真传,但县城的风水已被几家势力垄断,来找他们看风水的人比以往少了。

而杨老爹和岳父则是赶"转转场"倒卖粮食和禽畜,赚些差价。妻子陈娜在家做家务。他们每场都把赚来的钱交给陈娜,家里的开支一切都由陈娜安排打理,一家人生活其乐融融。

杨老爹每年都动过回老家岩上的念头,但一忙又忘记了。

这天下午,陈浩然刚赶集回来,一听杨老爹要马上带着他们回他老家。感到唐突,经陈娜匆忙一说,陈浩然感到了情非同小可,马上吩咐赶快准备,尽快启程。

陈浩然感觉这年头越是中心的地方越不安全,就拿鹿县这个县城来说,官兵不仅不作为,还欺压百姓,让百姓难能安身。土匪又横行霸道,烧杀抢掠,全然不把官兵放在眼里。陈浩然早想找个安身立命的地方,让一家人好好生活,但又不知道这个地方在哪。

他们当天就收拾东西,准备第二天一早就上路,其实值钱的家当也不多,只是些衣物铺盖之类和能用的随身物品。

他们离开时的时间非常好,因为这天官府有重大行动,保安队的人员全被抽走了,关卡上变得松懈起来,盘查得不怎么严。

土房茅屋管不了几个钱,里面又没了值钱的东西,陈浩然把门一锁,在门前作了三个揖后,就转身上路。

出了县城西门,就踏上了窄窄的泥石小路,这几天天气好,山风习习,催促着他们的脚步,温和的阳光照在路上,一切都无限美好。

小路引着他们步入一片森林,草丛中的花朵构织成了五光十色的林间舞台,他们踏着铺满碎叶的小道,柔软如踩在云彩上。

出了森林,前面不远处有一个村落,有些房屋是青砖黑瓦,有些是茅屋土墙,高高低低,偶尔有鸡的飞扑声、狗的号叫声传来。

村落的前边有条河流,河水从山山岭岭中集聚而来,白白亮亮的。河水穿村而过,顺着山坡、寨子蜿蜒而行。寨子的门口,可看到一块块刷洗衣服的石板。

这条小路陈浩然非常熟悉,因为他每隔七天都会去新窑二塘收些鸡蛋来县城卖。陈浩然说翻过前面的新窑大坡就可以歇歇脚,喝水吃饭。

为了鼓劲,他给人们讲起故事,这是他在赶集的路上听人说的。他说:

相传,在远古时代,这里有个叫茅妹的女孩和一个叫月亮哥的男孩从小相恋。

茅妹的漂亮被这里的夜郎王发现了,就想把她纳为宫妃,但生性刚烈的茅妹不畏权势,宁死不从。

见此情景,夜郎王就给茅妹出了个难题:"如果你和你月亮哥能让这条河倒流过来,那我就成全你们,让你们俩在一起。"

夜郎王的这一条件非常苛刻,茅妹和月亮哥知道,怎么可能让河流倒着呢?这明摆着是一定要让她做宫妃。

不能和心爱的人在一起,没有办法的月亮哥每天坐在河边哭泣,他的诚心感动了上天,为了帮助他和茅妹在一起,上天就让河水倒流了。可是这一倒流,却把在河边伤心欲绝的月亮哥冲走了。

茅妹听到月亮哥被河水冲走的消息后,悲痛欲绝,就从一个叫情人崖的地方跳下了河,追随她的月亮哥去了……

从此,这条河的流向就与其他河流有所不同:不是从西向东流,而是从东向西流。于是,人们就为这条河取了个美丽的名字,叫月亮河,而河畔的村庄也就叫月亮村了。

陈浩然把故事讲完,还认为会得到大家夸奖,可是没一个人给他掌声。

秦立和秦敏说:"爷爷讲的故事不好听。"连陈娜也搭腔:"爹的故事不好笑。"

陈浩然见他讲的故事不生动,没有吸引力,无人喝彩,只好呵呵地自嘲地嘿嘿笑笑。

他们一路说着话,翻过新窑大坡,就看到了二塘街。

阳光照着一排抹了石灰的墙面,十分耀眼。今天不是赶集天，看到小街显得有点冷清。

走进小街，中间是一条清澈的石板路，这是通往盐商镇和鹿县县城的官道。

石板大多不方正，石板间大多有缝隙，几年下来，石板的表面被时光打磨得光滑，能照出时间的影像——曾经走过的一个个人，曾经行过的一匹匹马，曾经留下的柔声细语，曾经撑过的一顶顶油纸伞……

石板间的缝隙里，有生出的小草，小草永远也长不大，但却以弱小的生命演绎了什么叫不屈的生命力。

陈浩然带着大家在街中间选了家馆子，点了个青椒炒肉、炒洋芋、酸菜豆汤，菜不多，但都是个个喜欢吃的，大家一路都喊饿了，吃得狼吞虎咽起来，不一会儿，就把菜一扫而光。

吃了饭，喝了水，看看天色不早，一行人又匆匆赶路，他们计划在天黑之前赶到盐商镇歇脚。

此后又是翻山越岭，大家刚吃饱肚子，困意一阵阵袭来，显得无精打采的，一路无话，只听到松松垮垮的脚步声。

路全是山路，有时会踩滑，路上不时有些横生的老母狗棘阻挡着，杨老爹尽管背着儿子，也会跑在前面把刺拈开，让家人过后才松手。

即使行走困难，但他们仍没停息，边走边问，终于靠近盐商镇。

橙红的太阳通体光明，但不刺眼，歪歪扭扭的躲到了身后，把他们的身影拉得老长。

侧望山峦起伏的地方，层峦叠嶂之处大气蒸腾，如烟似雾，那虚幻的景象又黑黝黝得真真切切，将那轮通明的像在旋转的太阳，从下端边缘一点一点吞食。

此时的落日将金烁烁的倒影投射到环绕着盐商镇的廻龙溪

里,幽蓝的水色同闪烁的日光连在一起,看着来人跳跃。

他们过了拱在廻龙溪上的石桥拱,向着东门蹒跚走去,一行人显得疲惫之至,连眼前富有音乐节奏的哗哗水声也懒得去听,连浪花如雪、清波如碧的秀美水流也无心观望。

"到了,到了。"陈浩然不停地打气,陈娜背着个齐肩的竹夹箩,脚步歪七扭八,好像只要风一扯就会摔倒,杨老爹慌忙腾出一只手来搀扶。

一路上强装笑颜的秦立、秦敏两兄妹,此时也显得心事重重。他俩的内心也很强大了,刚刚失去父母,接着又辗转他乡,心里的苦痛没有谁能体会。

真到了,盐商古镇热闹繁华的气息扑了过来,再往前走,眼前呈现出一片白墙青瓦的世界,随着人流穿过古牌坊进入古街,古街充满着浓浓的古风、古韵,不愧为黔中钟灵毓秀之地,这里虽不是江南水乡,但却有着小桥流水人家的诗意,这里虽不是"上有天堂下有苏杭"的江浙,但却有着鳞次栉比的徽派建筑风骨。

他们从东头往街心走,拖着疲惫不堪的腿,在盐商镇清石板铺成的街道上麻木不仁地蹒跚着。噼啪噼啪、叮叮当当的炒菜声,菜香味一阵阵涌来,每个人都悄悄咽着口水。

杨老爹搀扶陈娜走在前面,他征求了一下大家的意见,大家一致认为——先去找好歇脚的地方,再出来吃饭。

街上的酒馆、旅店、栈房、茶楼一个接一个排在街的两边,永昌盐号、龚家药铺、唐家马店、龙家大院、熊家大楼等跃入眼帘,每一个院楼门柱上都挂着红红的灯笼,让人眼花缭乱,不知选哪一家好。

陈浩然叮嘱杨老爹要节约钱,说能住就行,以后用钱的地方还很多,但他们问了好几家旅店,都是一样的价钱,有些旅店已经住满。

他们选了顺风旅店,位置也不错,在二楼,前面可以看到繁华的闹市,后面可以听潺潺的廻龙溪水。

他们开了两个房间,杨老爹和陈浩然、秦立住一个房间,陈娜带着儿子和秦敏住一个房间。

盐商镇离鹿县不是太远,走得快,半天的路程,陈浩然慕名来过。但那时他们是堂堂正正地来,走的是官道,这次是偷偷摸摸地行,行的是山路,绕了很多。

陈浩然边放行李边炫耀自己的见闻:"盐商镇这个地方是连接川、滇、黔三省的驿站,是古蜀国通往夜郎国往云南大理或南下番禺的必经之地,是有名的川盐集散地。这里有同春和、永昌公、裕丰厚、天镒公、崇修公、鼎兴祥、义信荣、福兴强等有名盐号,每家资本都达十几万银圆,每年川盐的销售额高达数十万银圆以上。"

见岳父喋喋不休越说越有劲,一个二个都没搭腔,杨老爹不想扫老人的兴致,随便应和着。因为大家都饿了,一放下行李就急着要去找吃的。

他们吃完饭回到旅馆,因又累又困,大家只简单的洗漱就上床睡去,睡得很沉。第二天太阳升了一竹竿高才醒过来。

第一天走恼火了,除陈浩然和杨老爹外,都像霜打的茄子,赖在床上不想起。

杨老爹一早就起了,就出门去打听到岩上怎么走。他走过,但那是小的时候了,只依稀记得方向,但有点模糊,不是很确定。问了几个人,都说走小道至少要十来个时辰,如果走大路那得多三个时辰左右。

杨老爹回到旅馆把情况一说,除他和岳父外,其他人都不想走,他们想在盐商镇多歇歇脚再行。盐商镇虽不是县城,但是千年古镇，很是热闹。

杨老爹有些犹豫，但想想也不急，就随了大家的愿，不再催行。

快到中午了，杨老爹饿得有点撑不住了，忙喊吃饭，大家才陆陆续续懒懒散散地起床，等人凑齐了，已是下午。

杨老爹实在等不了了，就先买了十来个肉饼，分给众人。大家边吃边在街上漫无目的地走，街上买卖之声此起彼伏，吵得人两耳嗡嗡直叫。

"冰棍冰棍，含在嘴里冒冷气。"一四十左右的男子，怀里吊着白色的"冰箱"，"冰箱"上盖着一层旧的小棉絮，边走边喊卖冰棍。五分钱一根，打开"冰箱"，冷气直往外冒，几步开外都感觉有凉气袭来。

"套圈、套圈，一次五分，两次一角，套着哪样捡哪样。不套不要钱。"街面一角，画了个方格子，像梯田，格子里摆着香烟、火柴、水果糖……一行人在那嘻嘻哈哈地抢着套。

再往前走，耍猴的、斗鹌鹑的、敲锣卖糖的、摆象棋残局的，一样挨着一样。

这边看完玩的，那边又喊吃的。

"凉粉、冰粉、醋，自卖自做，好吃又便宜。"

"做人上人，吃面上面——盐商面。"

吆喝声一阵紧似一阵，看着目不暇接的吃食，听着令人心动的喊叫，杨老爹临时做了决定："干脆吃盐商面得了。"

众人一致赞同。

面摊就在露天街上，两个大泥火一致摆开，一个泥火上的骨头汤热气腾腾，一个泥火上的热水翻腾打滚。

桌面上肉末、鸡丁、葱花、酱油、醋一致排开。

两张桌子，一桌可坐八人，吃完了的刚离桌，等吃的又坐下。杨老爹一群人将两个桌子都占了,后来的人只好端着面条在旁边站着或蹲着,呼啦啦地吃。

一碗面条两角钱,吃得杨老爹满嘴生津,两眼放光。

等他们陆续放下碗筷,几匹快马从街中央向镇公所跑去,人们纷纷侧向两边避让,生怕那嘚嘚的马蹄踢着自己。

这时,卖面条的说:"县里有人在搞暴动,听说抓了不少人,昨天县里的人已来到镇上,好像在抓捕从那逃过来的人。"

杨老爹一听,心里一惊,含在嘴里的面条吞不下去了。要不是已经吃了面,他恐怕连面都吃不下了。便问:"你怎么知道的?"

"我幺儿都喊守卡点去了,白天夜晚都不落家。"

杨老爹心里暗暗叫苦,忙催促众人快快吃了回客栈。

"昨天都来人了,昨晚怎么不见行动呢?"或许有行动,没到他们客栈搜捕?

"怎么办?现在已经大晌午了,留,有隐患,万一晚上深更半夜的查房怎么办?走,又不知是否安全。"

他们到底是走还是留,走,又能走得出去吗?

四十五

时间紧迫,容不得杨老爹多想。

杨老爹是这一行人的主心骨,是走还是留,怎么走,都得由他拿主意。

杨老爹想走小路,但小路是否有卡点,他心中没底。

事不宜迟，不能优柔寡断，得当机立断。杨老爹选择走小路，他找来了马帮驮东西。这下，一行人身子轻松了许多，但心里又紧张了几分。

马帮是当地人，对当地路况非常熟悉，也对卡点的情况了如指掌。马帮之间会互通信息，比如哪增加了卡点、守卡人姓甚名谁、是谁负责、重点查些什么，目的是让找他们的主家放心，好多揽生意。

杨老爹想绕过卡点，嗫嗫嚅嚅的，又不好明说。

马帮一看，心知肚明，也不挑明，就马上为主家分忧："我们这条河顺势而上四五公里左右，可以上岸走小路，河岸风光优美。先生可以选择坐船走水路，一来可以观光，二来可以免去关卡盘查的烦忧。"

"水路没关卡吗？"

"这几天是我哥们儿执勤，通行没问题，只是费用要高点。"

杨老爹一听，不由分说地选择了水路："多就多点，我们想看看河岸景色，走时悠着点，别太快，我太太会晕船。"

马帮收了一半的钱，一个张罗着上船事宜，一个邀着马赶往了别处，他们可以在别处驮短途到那边的岸上等候，又可以多赚一份钱。

廻龙溪沿着古镇绕了半圈后，向东方绵延而去，还不时回头看看古镇的烟火。

河在山中走，船在河中行，人在船上坐。这船人不止杨老爹几个，还有七七八八的加起来十来人，他们大多是坐船观景，心无忧虑，只有杨老爹一行人心事重重。

杨老爹无心观景，他的心飞到了前方的河岸，他想尽快离开这里，走得越快越安全。

七星岛是廻龙溪里最美的景色，岛与岛之间相隔不远，跑起来就能跃过的距离，岛有一个农家院落大小的地方，有奇花异树怪鸟，黑叶猴在岛上嬉戏，不知名的鸟在岛上跳来跳去，好像在踢足球，似乎在打篮球，又仿佛在搞表演。船经过七星岛，离了好远，都还能闻到花草的芳香。

越过七星岛，他们看到右前方悬崖峭壁上好像有石梯子，船工解释说那是梯子岩。

远远望去，有人在爬行，人只穿短裤，光光的上身斜挎着零乱的东西。那东西从胸腹部垂到一侧的屁股上，背上还背着只大桶，一根绳子把桶腰和人捆在一起，整个看上去像捆着一只要逃跑的螃蟹。

梯子岩自然形成，像刀刻成，梯与梯之间差不多有两尺的距离，没有相当的臂力是很难爬到顶上的。同时，没有相当的胆量，也是不敢从上面下到河里的。

船工像个导游，边走边说，那人是下河捕鱼，因为水清无污染，这条清幽的河里生长着一种独特的鱼类，透明、无鳞、无眼睛，被人们称为"阳鱼"，鱼的味道特别鲜美，富含大量稀有元素。那边岸上的农人经常下河捕鱼拿到镇上去卖，虽然贵，但肉质好，买的人很多。

跨过梯子岩，就看到有条鳄鱼扑面而来，仔细一看，原来是对面一条河流的右边河岸。河岸边的一片缓缓的斜坡之上住着零零散散的农家，他们的脚下是三条河的交汇处，河水清澈透明，把碧蓝的天空、巍峨的大山拉在了一起，三条河流都从峡谷中挥着汗水奔跑而来，又急匆匆地从岩上的后面向远方的北盘江滚滚而去。

船在离梯子岩前方不远处的码头靠岸，杨老爹和秦立先跳下船，随后便把后面的几个扶上岸来。在马帮的帮助下，他们把行李也搬到了岸上，等在岸上的马帮一一接过装在了马背上的箩筐中。

　　一行人走在高高低低的山路上,有熟悉的马帮在前边带路,除杨老爹背着儿子杨羊外,一行人都空着身子。因为摆脱了关卡,一行人的心情似乎放松了下来,秦立还时不时在路上捡一些光滑的石子玩玩,秦敏还跑去不远处的山脚下摘些漂亮的野花,放在鼻下闻闻,俏皮地插在杨羊头上。

　　在这边能看到河对面岩上斜伸过来的影子,目测直径距离还不足五公里,但要到那里,还得从拦龙河上跨过,途经窗子洞,再经流坝镇才能到岩上,大约要绕行二十来公里。

　　这里是典型的喀斯特地形地貌,这里的山与山之间,不是深山峡谷,就是溪水河流。拦龙河就是乌蒙山脉的水流一路揽溪引泉途经新场与流坝镇交界的峡谷形成的河流,人们取名拦龙河,说是相传很久以前这里有条懒龙卧伏在河里当桥供人们行走而得名。拦龙河属三岔河的一个支流,与盐商镇廻龙溪、纳雍河汇合后,一路穿山越岭奔流而下,注入滚滚北盘江。

　　在新场与流坝镇交界的拦龙河岸,悬崖峭壁中藏有很多溶洞,洞中有洞,洞洞相连。在窗子岩绝壁腰间距崖顶二十多米的地方,有三个大小相近、洞口见方的天生崖洞。三个洞呈三角形交错,好像一幢高大的楼房上开凿的三个窗户,人们称之为窗子洞,通往窗子洞的道路,唯有一条"镶嵌"在绝壁上面人工开凿的蜿蜒小径。这个洞不光是一个险要的天然洞穴,还是一个历经百余年精心构筑的军事要塞。

　　窗子洞崖高水低,常年烟雾缭绕,洞口若隐若现,宛如一只眼睛盯着对面。1950年4月,恶贯满盈的土匪熊进山将大批粮食、枪弹和煤炭搬入洞中,企图与解放军对抗。

四十六

　　熊进山一米八几的样子，肉嘟嘟的脸颊，扁扁的鼻子，滴溜溜的黑眼睛，亮光光的下巴，厚厚的嘴唇，桶状的腰。经常穿着洁净的毛呢上衣，在白领子或花领子的映衬下，那个包住喉头的衬衫显得格外醒目。他脸上的表情和心里的想法大相径庭，常常会让人放松警惕，一不小心就会上当被其毒打。他不仅凶狠、残忍，还生性多疑、阴晴不定。

　　他是窗子洞一带的土皇帝，强迫农民称他为"司令官"或"官老爷"，不准直呼其名，若犯了讳，必遭杀身之祸。

　　老百姓看到熊进山骑马路过时，必须垂立路旁，口呼"向司令官请安"，不管多忙，都要等他的马过去后才能走。

　　要是谁迎着他的马而过，他的马鞭便会无情地打来，至于是被打破脑壳还是打瞎眼睛，那就只有听天由命了。事后被打者还要奉上礼物去"赔礼道歉"，方才罢休。

　　他因作恶多端，时时防人行刺，故深居简出。

　　熊进山进过黄埔军校，并在国民党军队中干过一些时日，受国民党毒害最深，满脑子是法西斯歪理。

　　熊进山是有名的"熊大马棒"。有次，他嫌菜不合口味，就命人把厨子揪来，不问青红皂白便是一顿生木棍棒，直把厨子打得一动不动才罢手。从那以后，厨子就患了劳伤病，病一发就吐血，才过了一年就死了。

　　熊家经营窗子洞有着几代人的历史。

　　早在清道光年间的时候，他家在窗子洞一带已有了自己的一席之地，发展至清末民国时，已成为方圆百里首屈一指的势力。至民国时期，拥有了自己的一支武装。

熊家在窗子洞统治了几个时代，可以说根深蒂固。然而，因为一起"牵羊关肥"事件，他家被推向了漩涡，带来了灭顶之灾。

据当地县志记载，1929年2月，熊家老三熊进水公然率众过河，到对面"牵了"时任副县长江厚培，逼交赎金三千大洋；3月下旬，"牵了"老卜底大户李竹三，索要小洋两千；4月，又将直金豪绅谌孟尧绑进窗子洞，索要小洋四万……

熊进水对其他任何人下手都行，千不该万不该对江厚培下手，因为在江厚培的后面有着千丝万缕的关系，当然这是后话。

熊家不断修缮窗子洞的同时，还在离窗子洞约两公里的一个山顶上建了一个用巨石砌成的碉堡。碉堡高三百余米，分四个楼层，每层面积十来平方米，像大山之巅长出的一朵青色蘑菇。

碉堡的四周是将近三米高一尺多厚的石墙，石墙的正前方，左右合拢围成了个弧形的门，门的两边有步枪眼和机枪眼，交叉着指向门两边的不同方向。

碉堡的第一层有不足一米高的半截墙嵌在地底下，与地面相平处铺有木板，木板靠左墙角有一个通向底下的正方形门洞，门洞够一个人上下出入。

这个在地底下的暗室就是熊进山的水牢，水牢的水从墙的后面进入，那里修建的时候留有一个碗口大的洞眼，连接着通向碉堡后面池塘的暗沟。洞眼连着暗沟，暗沟爬进池塘，池塘专供水牢用水。

七八个平方米大的水牢有时拥挤着十来个人，水牢的空气和光线是从头顶上的木板间隙透来，很是昏暗。这光线还要在打开碉堡门时才能透进来一点点，有时像一把刀斜劈下来，有时又像支箭射进来。人在水牢里只能直立腿弓着背，因为蹲着水会淹到下巴，直立又顶着木板，水里大小便混合着，把仅有的一点空气污染得更加污浊。

在水牢里待不上几天就会生不如死，什么事情你都会答应。实在不能答应或办不到，只有死在里面，被拖出去丢在碉堡后的山岗或山凹，有亲人的会悄悄偷去埋了，无后人的只有任凭风吹日晒，葬身荒岗。

再来说说江厚培吧。江厚培当副县长本来与熊家井水不犯河水，两家虽然比邻。

在那个年代，江家能够有人当上副县长不是简单的实力，并且江家在那个时候也很不简单。

以前，江家也是穷苦人，江家的发迹要从江厚培的父亲江富成开始。

江家的祖上懂得医治肩胛毒疮，拥有牙痛秘方，这种病那时也不是很多，特别是在一个局限的区域靠医这种病根本讨不到生活。为了生存下去，江富成的父亲把秘方传给了他。

江富成十八岁的时候娶了邻家女孩为妻，妻子在家做农活，江富成外出闯荡当游医。

江富成带着秘方走四方，始终遇不到有缘人，行医变成了乞讨，便无脸回乡面见父母和妻儿，一气之下，就在外面当兵找出路。

他当时入的是黔军，在郭靖所在的团。郭靖是团长，为人正直，带兵又好，深受士兵喜爱。

郭靖的爱人随他来黔后，不知是水土不服还是其他原因，脖子上生了个疮，烂渣烂渣的，寻遍了军中名医，老是不见好，动辄流脓流血，且奇痒难忍。

妻子因这个疮备受折磨，在家老是苦恼不乐，于是郭靖就带她在军营里走动，让妻子解解闷、散散心，让其分散注意力，减轻痛苦。

这运气有时真像天上掉下的树叶，落在头上，让人挡都挡不住。

一日，郭靖带着妻子在军营闲逛时，妻子脖颈上的毒疮又奇痒起来。郭靖忙带着她往医务室去紧急处理，恰巧遇到江富成在包扎训练时磕碰出的伤口。

医生见团长带着夫人进来，赶忙放下手中忙着的活为郭靖夫人处理。

这种病医生也是无计可施，也只能像往常一样用酒精消毒后做简单的包扎。这一切被坐在旁边等待处理伤口的江富成看在眼里，他从凳子上跛跳着过来说："这种疮不能包，越包越恼火。"

医生乜眼望向他："不包扎？那你说怎么办？"

江富成很不好意思地红着脸说："这种疮我见得多，也治得多，真的不能包扎，这种疮只怕一种药，如果团长相信我，我包治好。"

见寻了大半个省城都无法医治的病，自己的兵说能治好，这让郭靖很不相信。但又不得不信，因为民间有高手，高手有奇方，再说已经束手无策，没有办法了，让他试试也无妨。

江富成是用担架抬着去找药的，他本来可以拄着拐杖勉强走，但郭靖寻药心切，便下令用担架抬着他去找药。

这种药是单方，也很简单，在乡村随处可见。江富成不想让这祖传秘方被别人知道，在山上到处瞎转悠，只不过是故弄玄虚，掩人耳目罢了。

江富成在一个山旮旯角让勤务兵停下，跛着脚下了担架，说他要小解，便避开他们寻了半天，在一拐角处刁了坨稀稀的黑黑的东西放入纸中，揣在怀里，随后在士兵的呼哧声中晃晃荡荡返回。

团长和夫人一直在医务室等着，并不时伸长脖子望向门外。当听到江富成到了的报告，团长亲自跑出门来，把江富成扶进室内，其实不用团长扶，士兵们都在扶着。

江富成像英雄般被拥进室内，医生两手抱着站在一旁，撇着嘴角，眉毛上扬，脸上有着不信的神色。

江富成一进屋内，就撇开众人，让团长扶着夫人进治疗室内。他用镊子夹了个雪白如拇指般大小的棉球蘸了酒精，嘱咐团长夫人忍一忍，他要清洗毒疮。

酒精棉球在毒疮里搅动，团长夫人痛得脸颊生汗也不哼一声。清理好毒疮，江富成便打开纸盒，用棉签把找来的药糊在上面，这一糊不打紧，毒疮钻心要命地痒。

团长用怀疑的目光看着他，他没看团长，只看毒疮。一会儿工夫，从黑色的药上钻出了一些小黑虫，迅即痒也轻了。

这样连续几天在军医室糊了几泡药后，疮口就收敛了，看得团长连声惊叹："神医、神医。"

江富成由此声名大振，从此跟在了郭靖左右。

不久，部队组建了模范营，郭靖被委任为中校营长（郭靖已升任副旅长）。郭靖就任后，感到人才缺乏，当即在军中抽调下级军官到模范营受训，当然也有他的部下。后来，这些人执政，都把郭靖当作老长官，极为尊敬。

郭靖升任旅长后，拟率兵入湘，江富成怕离开家乡，再说他已离开老家好多年了，想回家看看。郭靖知道他的心思，没有勉强，就准他回去。

第二次和郭靖相见，是郭靖入黔任新职的时候，因为郭靖牙痛，在大医院看过，说是虫牙，要拔掉重新植牙。拔牙倒是简单,但很疼,这植牙又要耽搁时间,郭靖刚任新职,时间又紧,这时他想起江富成说会治牙病的事来,就派人到江富成老家,把江富成接来试试。

江富成不负郭靖所望,他一到郭靖官邸,就顾不上休息,让佣人找来手电,照着郭靖的嘴,用镊子拨拉着郭靖牙齿,说:"老首长,您是火牙,不是虫牙。"

郭靖惊出一身冷汗:"要是拔了岂不白拔。"

江富成让郭靖喝了口水漱口,就摸出几根银针,扎在郭靖的合谷穴和腮帮子上的颊车穴处,又摸出一包药粉,吹在他的牙上,让他含着三分钟,不吞不吐。快到时间后,江富成吩咐郭靖把口水吐出来,这一吐,郭靖用舌头绞了绞,牙齿竟然出奇地好了。

郭靖那个喜劲自不待说,连骂省医院的医生是庸医。

第二天郭靖因为公事繁忙早早走了,江富成在郭靖家住了一个晚上。第二天临别时,郭靖夫人以一百银洋相送,作为酬金,江富成只收了十个银圆做路费,其他婉言相拒,让郭靖夫人感动得不知说什么好。最后,江富成说他有一事相求:"当兵几年最亏欠的就是儿子,如果方便的话想请老首长照顾照顾,看能否在地方谋个一官半职。"

郭靖夫人说让他放心,自己一定会如实转告,有什么消息会及时与他联系,随后给了他一个家里的联系方式,让他遇到什么要紧的事都可以直接打这个电话。

江富成回家不久,县里差人送来了委任,江厚培当上了副县长。

那年头,不要说地方官了,连省城的行政长官也像走马灯似的,你方唱罢我登场。谁上场谁就代表哪一方的利益。

当郭靖辞去所任职务再次入湘的时候,代表南京政府的一方一上台,就与地方军阀争斗。当时代表南京政府的一方背后有势力支持,不费多大力气就把地方军阀撵走了。

这种政治生态中,窗子洞熊进水身处南京政府麾下,于是大肆为其招兵买马。

有了这么强硬的政治背景,正处鼎盛时期的窗子洞熊家根本不把江家一个区区副县长放在眼里,想把正在走红的江家打压下去。

熊进水对其他几户富户"牵羊关肥",影响不大,特别是对江家"牵羊关肥"后,江家没有坐以待毙,他们在积极走上层路线展开斗争。

明面上看,熊进水是为了生存打家劫舍,实则是暗中为代表南京政府的一方筹钱。如果代表南京政府的一方做大做强,熊进水也会跟着风光,然而代表南京政府的一方只当了十八天的地方诸侯,即被政敌赶下了台。

此时入主当地的诸侯曾是郭靖的部下,把代表南京政府的一方赶走后,这意味着熊家噩梦已经开始。

江富成因自家被"牵羊关肥"的事情一方面向鹿县县长控诉,一方面几经周折找到郭靖新的联系方式,并致电向老首长哭诉。

自己手下被"牵羊关肥",鹿县县长脸上很没面子,也很不光彩,但是自己也很无奈,只得向上报告了熊进水的不法行径。

郭靖接到江富成的求助,就致电主政的,这个人曾经是他的部下,请他帮助处理。

于是,轰轰烈烈的会剿熊匪军事行动开始了,虽有几县联合出兵,但因窗子洞险固,故而久攻不下,历时几个月已无可奈何。

尽管如此,熊家还是积极找出路想办法保住自己,一方面向江家道歉认错，求江富成出面找人调停，另一方面答应归顺地方政府，接受招安。

调停的事没人反对，招安的事却遭到了熊进水的竭力阻止。但为了家族免遭涂炭，熊进才只得安排人暗中刺杀了熊进水，会剿自此结束。然而，熊家的被招安却让熊家走上了不归路。

四十七

暗杀熊进水没费多少周折，因为天防地防，防不了身边的人，特别是最亲近的人。

熊进水虽然感觉到二哥熊进才对自己很有看法，但没有往要杀自己求和的事上去想。

看着站满河岸不达目的誓不休的官兵，熊进水心头毛焦火辣，坐不是，站不是，睡也不是。

这几天熊进山没有值班，而是住离窗子洞不远的官房里，尽管官兵把窗子洞对岸围得水泄不通，但他相信窗子洞的牢固，也相信窗子洞地理位置的优势，也相信两个兄弟的能力，他不信对岸的官兵能攻过来。

官兵攻不过来的事他料定了，的确攻了几个月，窗子洞仍相安无事，安然无恙。但是，他二弟杀三弟的事，他是万万没有料到。

杀死熊进水，官兵验尸后，像退了潮的水，对岸马上风平浪静。

当熊进山知道二弟杀死三弟求和后，就责怪熊进才不该自作主张杀熊进水,兄弟之间从此产生了嫌隙。熊进山怕熊进才哪天也悄悄把自己也暗杀了,本来生性多疑的他更加多疑,为防止意外,收了熊进才的兵权,并限制了他的活动范围。

熊进才一时间感到万念俱灰,便出走窗子洞,去了外地。从此,窗子洞成了熊进山一人的天下。

木先易被秋剑雄买通亲信暗杀后,秋剑雄死心塌地归顺了熊进山,秋家寨成了熊进山守护流坝镇最西边的一个强悍堡垒。

当然,这些都是杨老爹和杨健明外逃后发生的事,杨老爹并不知晓。

杨老爹一行要到岩上,要从拦龙河上跨越三个关口。

第一道是石拱桥的入口关。这座石拱桥以前是铁索桥,才修了几年。远远看去石拱桥像在地缝之上凌空飞舞,仿佛是通往地心的钥匙。村民要想过往,须得交钱。外地人必须要经严格盘查后,方得交钱通过。

守在桥口的是两个给熊进山"打工"的喽啰。

熊进山的这些喽啰中,有些是穷苦人出身,他们是被逼来当的喽啰,很能理解穷苦人的难处,不会太为难过桥人,只要按规定交了过桥费,就会放行通过。有些喽啰是在村寨干了坏事,在当地人人厌恶,个个喊打,于是就主动投奔熊进山的;这种人就利用人们过桥的急迫心理,有时会给予盘剥,不达目的不让通过。

过了桥,从桥脚到山顶全是山石小路,凹凸不平的,有些路段还很陡峭,要手脚并用才能爬上去。

艰难地越过横在半山的栈道,就进入了第二道关隘。

第二道关隘盘查很严,守关的是正经八百的国民党兵,是熊进山的得力干将,他们在崖壁一侧的简陋岗亭里还架了挺机枪,枪口对着下方通道上来的人。

盘查的是两个人，一个在岗亭里，半卧着伏在枪上，脑壳斜愣着，两眼直直地瞅着前方，像在瞄准每一个过往的行人，让行人心生恐惧。

杨老爹扶着陈娜走在前面，秦立和秦敏走在中间，马帮跟在后面，陈浩然拉着孙子走在最后。他们时而冒出头来，时而隐没在枝叶丛中，从移动着的一个点，再到一个人影，最后是一群人。

在下面来回走动的土匪见有人上来，隔着老远就喊站住。

随后土匪就慢悠悠地走过去盘查："叫什么名字？从哪来？到哪去？"

杨老爹没有如实说出姓名，编了一个杨祖华的名字，就是在自己真名中间加了一个祖字，说是去岩上走亲戚。身旁的几个，一个是岳父、一个是妻子、一个是儿子，还有两个是舅子和姨妹，其他几个是马帮。

岩上杨家和屯上土匪秋家火拼的事过去多年，已被土匪们淡忘。

土匪看了几个人半天，没看出什么问题，但就是磨磨蹭蹭不放行。

杨老爹怕越拖会生出事端，忙掏出两个银圆悄悄塞了过去。土匪收了银圆，高兴地把栅栏移开，让杨老爹一行通过。

进入窗子洞地盘，杨老爹想带着大家从悬崖旁的森林穿过，但一看马儿驮着大包小包的，感觉不太方便，就只好放弃，从大道上过。

有马帮驮着东西，大家走了几个时辰的路都没有感觉怎么累。越过窗子洞，到达流坝镇，最让杨老爹担心的是秋家寨下边的关口，因为屯上的土匪离老家岩上不远，有什么风吹草动，土匪都很清楚。

如何让一家人在岩上安下身来,这是让他一路揪心的事。

他们一路行走,见人就打听屯上土匪的情况,人们见他们面目慈善,也会如实相告。

杨老爹了解到,屯上的土匪比以前少了许多,大多被喊去窗子洞那边守洞去了,说什么解放军要攻打过来了。土匪之间也是人心惶惶,不爱多事管事了,有些见了老百姓还躲着走,怕以后老百姓报复。

杨老爹一行艰难地爬过秋家寨下边的悬崖,来到屯(寨)下关口,关口不像想象中那样盘查得严,几个守卡的都是临寨当了喽啰的群众,他们是被逼前来守路口抵租的。解放军打得很凶的事,虽然屯上的头目不让讲不让传,但他们已有耳闻,盘查只不过是做做样子而已。

关口的门虽然关着,但没有上锁,守门的只简单问了几句就放行。

然而,辗转千里回到梦中老家,等待他的又是一个巨大的陷阱。

四十八

逃离故土十多年,重回老家,让杨老爹百感交集。

那次和土匪交战,他的父亲、伯伯当天就被土匪打死。他的母亲、伯娘怕被土匪欺凌,就上吊自杀了。

两家人就这样家破人亡。亲人们的尸体都是寨上的亲戚和母亲、婶娘的外家悄悄埋葬的,坟墓就在寨子的西边。

人不在，房子也没有了生气，木梁墙壁已经颓圮，显得十分破败。

屋里已长满了青草，嫩嫩的，像生命重新开始。歪斜的门枋上的蜘蛛网非常厚实，几只硕大的蜘蛛爬来爬去，像是在替主人守护，等待主人的到来。书桌、柜台散在一旁，积满了灰尘，一派苍凉的景象。

家的衰败，眼前的萧条，让杨老爹感觉很对不起眼前的岳父、妻儿和秦立、秦敏兄妹，好在他们都十分理解，让杨老爹减少了很多愧疚。

寨里的亲戚知道杨老爹带着家人回来了，胆大交情深的悄悄来帮杨老爹一家收拾屋子，有些还送来吃的；胆小的怕惹火烧身的，只得站在远处观望。

杨老爹一家暂时有了栖身之地，为了生活下去，他带着秦立打猎。他们没来的时候，森林已被人为的圈好捕猎范围，现在又多了一个捕猎吃饭的竞争者，无疑要受到猎人们的排挤。

开始，大家不以为然，认为杨老爹技不如人，就让他打他的，还准备暗中看他的笑话。这一看不打紧，让他们对杨老爹和秦立佩服起来。

一些本地猎人认为，能有机会向杨老爹学一下，好好提升一下自己的捕猎技能，是件求之不得的事。另一些则认为，如果任由杨老爹和秦立这样打下去，那今后这片森林里的猎物会被杨老爹独占，自己将会失去生活的来源（当地人大多靠打猎为生）。

不久后，有人去屯上举报，说杨祖华是十多年前逃跑的杨老爹，现在化名在岩上居住。

留守屯上的土匪头目得到线报，立即带人前来盘问，随后把杨老爹捆走，但没有把他岳父、妻儿和秦立、秦敏带去。土匪带走杨老爹时放出话来："准备一百大洋赎人，否则等着收尸。"

其实，土匪没有等钱赎人，因为他们知道杨老爹家肯定一时拿不出一百大洋。于是，第二天一早，他们就把杨老爹送去了窗子洞熊家碉堡水牢。

杨老爹被抓，家里乱了套，筹集一百大洋并非易事，他们在岩上刚刚站稳脚跟，要筹一百大洋谈何容易？简直是要命。

陈浩然到处筹借，愿借者寥寥，少数愿意借的都是陈浩然和杨老爹帮助过的人，但又拿不出多少。有点钱的又不愿意借，一则怕有借无回，二则怕土匪知道了前来打劫。

陈娜和秦敏常常抱头痛哭，只有秦立默然无语，在独自想着只身营救杨老爹的办法。

杨老爹被绑走后没几天，秦立失踪了。

这两天家人都在为杨老爹的事着急，没有顾及秦立的一举一动。如果在平时只要细微地观察，就会看出秦立的端倪。

他每天都磨着随身携带的两叶小刀，磨得又利又亮，亮得闪着寒光，利得见叶就断。他把平时上山打猎的甩勾和接头的吊绳在屋后的山崖上甩了又甩，试了又试，再怎么陡峭的悬崖只见他一个甩钩，就像灵猴一样一眨眼的工夫就爬到了山顶。

在那个乱世之秋，父亲常常告诉他，要生存下去，只能靠自己，靠自己的什么，当然只能是一技之长。秦立的一技之长是什么呢？是父亲教会他打猎和逃生的技能。

这逃生怎么逃，一是跑二是躲。跑要无声，躲要无影。

在鹿县的大山间，父亲教他跑，从100米到200米到1000米，循序渐进，屏声静气，直到在铺满厚实叶片的小径上像箭一样无声无息飞过才算合格。父亲也教会他躲，这躲一是爬树，二是藏身。爬树要有猴的敏捷，他们长年累月在山中打猎，爬树的技能不难练到，最难的是藏身的功夫了。

为了练习藏身法，父亲带他外出打猎时，就在空旷无人的地方，以青草为垫做盘腿、下腰、屈身等各种柔功修炼，使全身的筋骨关节柔软如棉。还在每日的子、午、卯、酉时辰勤练内功心法，让他收缩有度，舒张有力。

秦立的藏身法练得不怎么好，因为父亲牺牲后，他无心思继续锻炼，虽无炉火纯青之境，但常人的躲避对他来说不费吹灰之力。

秦立带着他的两件宝贝悄然出发，他没有告诉家里的任何一个人，他只能选择偷偷地走。他不想让姐姐担心，姐姐是他相依为命的亲人，杨老爹是救他和姐姐于危难之中的恩人，陈浩然爷爷年纪大了，姐姐和姑姑又是女人，救杨老爹的重任只能落在他的身上。

救杨老爹，他别无选择，那他会怎么救呢？

秦立是从深山里穿行的，深山里的路是杨老爹带着他打猎时给他介绍的。他个子不高，人又精瘦，走起路来像只灵巧的猴子。在幽暗的椴木和槭树林子里，山雀陪着他一路"呤呤"叫着，他不感到寂寞。

再往前走，雾气飘移过来，离地面只一尺多高，在他面前散漫开来。他一边前行，一边用手撩拨着，这些雾气分明像炊烟，又似云朵。

秦立小跑着，他不是怕别的，而是怕在浓雾中迷失了方向。转眼，他到了一个高高的山峦，往下一看，是很深的峡谷，对面是一道雄奇的山脉，上端白云笼罩，浓厚的云层滚滚翻腾，山谷里则只有几缕烟云，正迅速消融。

那雪白的一线是湍急的河流，贯穿在阴森的峡谷中间，看起来柔若无骨，但却有震撼人心的强大力量。秦立知道，再往右前方而下，过了流坝镇，就进入窗子洞地界，杨老爹曾经带他到过这里打猎。

秦立不敢耽误，他迅速调整方向，像鹰一样扑向前方的密林之中。

一个小时左右，秦立到了热闹的流坝镇，他先找一家馆子，点了两菜一汤，即酸辣椒蒸三线肉，油炸辣椒蘸鹿县酱以及酸菜豆汤蘸辣椒水，只见他吃得呼哧呼哧的，直叫过瘾。

他是在下午赶到窗子洞的。拴着脚的山鸡在他挑着的木担上晃悠晃悠地，还不时"咯咯咯"地叫着，山鸡如豆的眼睛火红火红的，像两团燃烧的小火苗，还时不时扇着翅膀，向守卡的土匪炫耀着自己的美丽。

土匪见有人靠近窗子洞，一个端着枪晃荡着过来，一个持着枪站在原地张望。

秦立取下一只山鸡递过去："老哥，向您打听个事。"

土匪忙腾出拿枪的右手接过山鸡，脸上僵硬的表情瞬间舒展开来："什么事？"

"前两天你们抓来个老人是关在哪里？"

"啊，是这事，我知道，关在上面的水牢里，怕已经死了。"

"死了怕得不到赎金了啊。"

"听说那家穷得很，赎金的事不要说了。"

"那不能这么说，我就是送赎金来的呢。"

"你是他家什么人啊？"

"我是他儿子，我真是来赎人的。"

"我前天从那里下来的时候是活的，现在两三天了，人不知是死是活呢。"

"大哥，那具体赎人的事要找哪个呢？"

说罢，又取下一只山鸡递给另一个土匪。那个土匪用手掂量掂量手中的山鸡，脸色温和多了："去找管家，我们营长张炳云。"

他继续说道:"我们张营长去山那边的官房去了,一会儿就回。你在这儿等着吧,他一会儿要从这经过。"

有了鸡搭桥,两个守卡的热情多了,无话找话地和他闲聊起来。

一个说他们张营长是个大好人,好说话得很。

另一个说他们张营长也是劳苦出身,因为会武功,深得熊司令赏识,一步一步当上营长和管家。

唠着唠着,一个骑着枣红马的壮汉过来了,后边跟着五六个挎枪的家丁,看样子是他的护卫。

马上的壮汉衣服不伦不类,要说是国军服,不像;要说是地方民团,腰间又扎根皮带,总之看去很别扭。

马嫌慢,想走快,被马上的人勒着绳,马像小脚女人走碎步。

一小群人向关卡走来,两个守卡的一努嘴:"那是我们张营长,找他顶管用。"

张营长走到关卡,没有下马,把弓着的腰直了起来,问两个守卡的怎么回事。守卡的把情况一说,张营长把脸调向秦立:"钱带来了吗?"

"没有。"

"没有,你赎什么人?"

"我干活抵债。"

"我这不缺干活的。"

张营长断然回绝,把脚一蹬,手一紧缰绳,准备离开。

这时,一只松鼠贼头贼脑地在密林处的丫枝上上蹿下跳,像在取笑秦立不知天高地厚。说时迟那时快,只见秦立一抖手腕,一道寒光闪去,那只松鼠成了倒霉鬼,吱的一声便从树杈上跌落下来。

随后,秦立腰间一摆,一根绳索像条蛇样坠落下来,他右手抓住铁钩,奋力向旁边的大树掷去,手爪捏住绳尾,随即一个纵身,人就上到树巅,动作干净利索,比猴子还要快。

这一连串动作让在场的家丁目瞪口呆,也让张营长惊骇,半天才缓过神来。这么好的身手,要想干掉自己易如反掌,忙说:"你跟着我吧,但你要必须在洞内做工,工钱照付。"

秦立不假思索地回答:"可以。"

其实,秦立心知肚明,姓张的怕他反水,想留杨老爹做人质而已。

在水牢里,杨老爹每天都看着头顶上从缝隙中射进来的微光,他仰面朝天,不敢低头看着黑暗,他怕黑暗中有死亡。只有身体站得麻木变换姿势时,他才移动身子,每移一步都发出"嚯嚯嚯"的水声。

水里站累了,就背靠光滑的墙壁休息。瞌睡来的时候,也是靠着墙壁打盹,在睡梦中躺倒在水里被惊醒是常事。吃的喝的是从进水牢的门洞送来的,挨着左上方的四四方方的门洞像个天窗,人一放进去,天窗就会被关上,还上了把锁。

水牢里的人,一天可放风两次,早上一次,下午一次,每次个把小时的样子。他的活动范围就在碉堡楼前面的院子里,四周的围墙上有抱着枪来回走动的兵丁。

仰面朝天是一种向上而生的傲骨,杨老爹断绝了家人救得了他的念想。他只是想家人没有了他怎么生存,怎么活下去。

他庆幸收养了两个乖巧懂事的孩子,秦立在打猎上已能独当一面,没有他,秦立也能打猎维持生计。

秦敏这孩子聪明伶俐,才十五六岁的年龄,就像长在山野里傲然挺立的一枝花,俊俏的模样让人疼爱,他怕又被土匪惦记,走上妹妹的毁灭之路。

他在想自己的儿子,三岁多的儿子来到这个乱世之秋,陪着他们一路东奔西跑,好在孩子还不知人世间的残酷和生活的艰辛。

　　杨老爹又想爱妻陈娜，他们虽然半途相遇，但两人似曾相识，这几年两人的生活虽然平淡如水，但就像豆浆和石膏一样，彼此依赖，谁也离不开谁。妻子带着孩子在家操持家务，把清贫的小家料理得井井有条，粗茶淡饭做得有滋有味，让他倍感温馨。

　　他又想到岳父，岳父对他恩重如山，视如己出。认识以来，从没对他说过一句重话，没有说过他的一声不是，把毕生所知毫无保留地传授给他，让他心生感激。

　　回想起来，自己一生积德行善，没有得罪过谁，自己的善心善行像微光一样在照亮别人，但能照到自己吗？

　　第三天下午，杨老爹被放出来了。

　　走出水牢，杨老爹跌跌撞撞的，腿泡得发白，好像抽走了他的力气，日光像水一样劈头盖脸地砸在他的脸上，他不得不伸手挡了半天，怕阳光伤着自己，也怕把自己击倒在地。

　　他没有被反绑，走出水牢时，还认为是土匪要撕票了，要把他处死了。他站在碉堡的楼脚，使劲稳住身体，还没有缓过神来，就有人抬来了担架，拿来了新衣，让杨老爹感觉自己真的要死了。

　　杨老爹是被抬着去窗子洞的，从碉堡楼去窗子洞有一段距离，不长，但都是山路，歪斜而下。如果杨老爹不是被抬着，他怀疑自己是不是走得稳。

　　杨老爹开始是躺着，走着走着，他感觉不对劲，想立爬起来，被后面的人止住。

　　杨老爹问："两个老总，你们要抬我去哪里？"

　　"去下边窗子洞，管家专门吩咐的，听说您儿子成了我们管家的贴身护卫，安排我们接您去洞里享福。"

杨老爹这时才想起秦立来，这不是儿子的儿子，采取这种方式来救自己，让他感动得热泪盈眶。

知道了事情的来龙去脉，杨老爹心安了，他安安稳稳躺着。两个人抬着他晃悠晃悠地往窗子洞走。这条路是通往窗子洞的一条绝壁上的栈道，像拴在人身上的腰带。

左边是粗糙的石壁，右边是悬崖峭壁，时不时有窸窸窣窣的碎石滚下峭壁的声音传来，最后掉在河内，声音沉沉的、闷闷的，像久卧榻前的病人发出的叹息。

半山腰上的这条裤腰带是进入窗子洞的唯一通道，可以骑着马弓着腰在上面奔跑。走了大约二十来分钟的样子，他们来到了窗子洞洞口的侧门，洞口像只老虎张着的嘴，人们在嘴巴里进进出出，门口有围墙，像老虎的牙齿，左右各有一挺机枪架着，怪吓人的。

杨老爹是被人抬着进去的，守在门边的土匪不敢直视，只有羡慕，因为被人抬着进去的都是重要人物，非富即贵。

进得洞内，应该是主洞吧，厅堂很宽，能容纳得下几十人。杨老爹被人小心翼翼搀扶下来，坐在一边的石凳上。不一会，又有人过来把他扶上台阶，进到洞的里层，里面有铺好的四五张床。拉他的人把他带到靠右边洞壁的床边，告诉他，那是他的床。床上铺着一张用毛草编织的席子，席子的两头都放着麦壳做成的枕头，床的一边是碎布芯做成的被子。拉他的人说，一张床睡三个人，他这只睡一个，对他已经是很好了。

杨老爹坐在床沿，看着四周，其他的床是地铺，有的是草席，有的甚至是用乱草做垫子，苞谷草做被子御寒。洞里有三层的样子，除了主洞大厅和做饭的地方外，大多地方都是铺着睡觉的东西。

杨老爹在洞里没有见到秦立，或许秦立正忙着其他事。他不再多想,一倒在床上就沉沉地睡去。

确实秦立正在和管家在碉堡楼和官房之间行走,每天碉堡楼、官房和窗子洞都要巡视一遍,有不交租的、有闹事的、有抗税的,都要由管家酌情处置。

特别是听说解放军要打过来了,管家更是一刻不敢怠慢,还要到桥的地方去看看,怕有奸细混过河做内应。

然而,让他绝对想不到的是"奸细"已经早就混过来了,而且已经站在了他的身旁。

四十九

解放军突然的攻进让守洞的土匪方寸大乱,躲的躲,逃的逃。

在洞里指挥和督战的张管家感到大势已去,但他仍垂死挣扎。他稳了稳心神,悄悄在暗处把枪口对准了攻进洞来的杨健明。

秦立救出杨老爹后,整天跟着张管家巡察,连去报告家人平安的机会都没有。

杨老爹被扣作人质,开始是在容纳两百来人的洞里活动,解放军攻洞后,就被赶到了窗子洞的前厅。很显然,土匪把杨老爹作为第一梯队当人墙。

秦立跟随着张管家,清楚自己该做什么不该做什么。他虽然没有读过很多书,但他知道自己的父母是为了什么而死的。

以前,熊家几兄弟平时不住洞里,都住在离窗子洞一公里左右的官房。由大管家、二管家、三管家轮流在洞里值班，三兄弟也是轮流着去巡逻。

但自熊进水被杀求和，熊进才外出后，熊进山吃住都在洞内，在洞里坐镇指挥。他坐镇洞里，三个管家也不敢住官房了，也都住在洞里，各负责一个窗口，与解放军负隅顽抗。

解放军把落别土匪打得屁滚尿流，把盐商镇土匪打得东逃西窜，接着就要攻打窗子洞。这些消息从熊家安插在外面的眼线不时传来，每接到一个情报，熊进山都要组织开会商讨对策。

几个管家有些惶恐不安，熊进山见状就给他们打气："五属会剿都奈何不了窗子洞，何况区区几十百把个兵？"这期间，熊进山给几个管家涨薪水，报酬比此前翻了一倍。

翻了薪水后，熊进山发话说："你们要同心协力，只要把窗口好好守住，不让他们攻上来，撑不了几天就会退的，到那时我再给你们涨薪水。"

随后，三个管家分别被熊进山封为一营长、二营长、三营长。熊进山安排他们守住左中右大朝门、小朝门和洞口三个不同方向，把窗子洞守得严严实实。

张管家守的是侧边对着栈道的洞口，也就是杨健明带着侦察小队突然攻过来的地方。

按说这个地方最为安全，在分配任务的时候，熊进山有些偏心，把这认为安全的地方分给大管家防守，也让大管家留点神保护他自己，殊不知解放军会从这个较为安全之处攻进来。

架在洞口的机枪形同摆设，开都没来得及开，就被突然飞来的一束手榴弹炸得子虚乌有。这束手榴弹在炸掉机枪的同时，还把洞内的土匪炸蒙了，但只一瞬间的停留，洞内第二道防线的机枪"突突突"地就往洞口扫了过来。

机枪火舌很猛烈，攻上来的突击队无法近身，特别是有张管家督战，土匪们都很玩命。

秦立被张管家逼着上第二梯队。张管家藏身暗处的枪口一下指着秦立，一下指向洞外，这个时候他很怕秦立反水，又怕稍不留神，被洞外的解放军攻进来。

然而，秦立的确想反水了，他等的就是这个时机。

他不会打机枪，只会甩刀片，甩手榴弹也是刚学的。洞里的手榴弹多得是，有人一撮箕一撮箕抬来，有人负责甩，打机枪的是熊进山信得过的经过专门训练的国民党兵。

在张管家的威逼下，秦立试着甩了几颗，但都是甩在空中，被张管家大骂，用枪指着他："再不好好甩，老子就毙了你。"

张管家威胁的话激起了秦立的愤怒，他一弯腰，就一手拿了几颗手榴弹，并迅速拉开引线，像只猛虎转身向张管家扑去，此时张管家的枪口正对着洞外即将冲进来的杨健明。正要开枪之际，感觉危险在向他袭来，他忙收住枪侧身就跑，还往身后胡乱开枪。可是刚跑出两米来远，"轰"的一声巨响，秦立就与张管家同归于尽，还炸伤周围的无数土匪，洞口的第二防线随之崩溃。

这一切，被逼着在左后方不远处角落负责抬手榴弹的杨老爹看在眼里，杨老爹老泪纵横，反复捶打着地面，喃喃自语："你还是个孩子啊！你还是个孩子啊！！"

五十

秦立舍身一炸，让杨健明脱离危险的同时，也给他帮了大忙。

手榴弹在洞内爆炸,洞内的土匪不明就里,还认为解放军从洞外攻进来了,一下子慌了神。才一慌乱的功夫,解放军就冲进了洞内,把洞内的守敌打得东躲西藏,死伤无数。

解放军攻入窗子洞后,在洞内深处督战的熊进山见势不妙,就化装成当地农民,带着几个亲信,沿着洞中密道向西边的出口逃去。

出了洞口,他们不敢走正道,都是在密林和石旮旯中奔跑,绕到官房处,骑上快马,赶到下一个落脚点——秋家寨。

因为惊恐,跑得急,熊进山一到秋家寨就瘫软如泥,连坐在床上都没有力气。

在洞中,解放军把投降的土匪严加盘问,就是问不出熊进山的下落。

这时,杨老爹把抱在怀里满身是血已经牺牲了的秦立放在洞的一角,慢慢从地上站起来说:"我知道他去哪了。"

"去哪?"杨健明走近询问。

"你是?"

"你是?"

杨老爹看见杨健明,杨健明看到杨老爹,两人异口同声地指着对方。

不用回答,泪水就是无声的言语。

杨老爹和杨健明相拥着大哭,相互拍打着,分开又拥抱。

拥抱了会儿,杨老爹望了望身后躺着的秦立,又望了望杨健明:"他还是个孩子啊,就这样牺牲了!"

说罢又泣不成声。

杨健明问怎么回事。

杨老爹抹了抹激动和悲伤的泪水,便把刚才看到的一切说了出来。

杨健明满脸肃穆，对着秦立郑重地敬礼："他是英雄，祖国和人民会记住他的。"

末了，杨老爹擤了擤鼻子，用衣袖揩了揩鼻涕，才对杨健明说："还记得我们逃到洞中的那晚吗？"

杨健明动情地说："怎么会忘呢？我的哥啊。"

杨老爹继续说道："那是熊进山逃跑的唯一通道，现在必须赶快去，否则去晚了，让熊进山逃过河，就难追了。"

杨健明这才反应过来，迅速果断地兵分三路，一路清理洞中物资和对土匪进行甄别登记，对被逼没有干过坏事的土匪立即释放，对迫害过群众且犯下罪行的土匪集中审判；另一路继续往西挺进，攻打秋家寨；再一路是由他带领追击熊进山。最后又安排了几个人把牺牲的秦立护送回岩上。

杨健明率队的这一路战士不多，只一个班，由杨老爹带路，策马而行。

他们没有去屯上，而是直接去山脚下的洞穴。杨老爹顾不上回家，他们把马拴在寨子下边的密林深处，跟着杨老爹钻入河岸的洞穴，最后从西方的洞口钻出。杨老爹看到船还在岸边拴着，才松了口气，杨健明在杨老爹的示意下，悄悄把战士们埋伏在船的周围。

五十一

也怪熊进山作恶多端，天绝于命。

他在屯上一落座，就沉沉地睡去。

解放军来攻打小屯的人马足足两个连，他们把刚从窗子洞中缴获的两门小山炮一并带上。

此行，他们没有隐蔽，而是在大道上威武前行。一路上，寨上设置的几个关卡已无土匪防守，卡点上乱七八糟，一看就是土匪在慌乱中逃走时留下的痕迹。

解放军一路畅通无阻，一到寨下，就边喊话边摆开攻势，寨下土匪见状，忙把手中的枪丢在一边，举手投降了。

屯上，秋剑雄与一些犯下血债的土匪威逼放下枪的土匪，想与解放军继续顽抗，当看到屯下架势，又缩回墙内，不敢冒头。

还在沉睡中的熊进山被进来几次的亲信摇醒了，他一听解放军已经到了屯下，顿时魂飞魄散。他来不及整理妆容，忙不迭打开逃生的窗口，迅速放下绳梯，与秋剑雄带着几个随从一个接一个下去。

熊进山脚一落地，藏在石头后的解放军便端着枪跳了出来，轻喊："不许动！"声音虽小，但熊进山听起来却如雷贯耳。

跟随熊进山的几个随从和秋剑雄还在半空中的绳梯上，就僵硬地趴在那儿，上也不是下也不是。僵持了会儿，还是在解放军的枪指下乖乖投降。

活捉了熊进山和秋剑雄，解放军尽量不伤及无辜，才围到天黑，就把土匪的气势压没了，最后土匪全部缴械下屯投降。

五十二

消灭土匪那天，杨健明抽空悄悄去老屋走了一遭，他不想让更多的人知晓。可是，当他到老屋的时候，老屋聚了很多人，因为杨老爹又大难不死从窗子洞回到了家，村子里的人刚帮忙把秦立掩埋回来。

杨健明还没到老屋，乡亲们便从杨老爹的口中知道了这次带部队前来剿匪的解放军军官是杨家的后生，是那个曾经与杨老爹一起逃难的好兄弟。

杨健明刚一踏进院子，看着他一身的军装和威武之气，不用介绍，乡亲们就知道来者何人。大家还大声说着的话戛然而止，目光齐刷刷地聚到杨健明的身上。

杨健明没有寒暄，只是满脸微笑着，他没有落座，一进屋就拉着站起身来的杨老爹走到屋外。两弟兄只简单地交流了几句后，就匆匆往秦立的坟边走去。在杨老爹的引领下，他分别给去世的亲人磕了头，再在刚垒起不久的秦立坟前鞠了三下躬，最后和杨老爹拥抱了几下就匆匆告辞。

杨健明和杨老爹说了些什么，杨老爹没有说。从此，杨老爹家在岩上和附近的十来个村子（几十年来，岩上的人逐渐多了起来）中更多了几分威望。但杨老爹并没有以此为傲，相反在日常的处事中变得低调而谨小慎微。

自从杨健明与杨老爹告别后，从此像失踪了一样杳无音讯，好几次杨老爹想打听，但他不知去问何人。

岩上土匪被消灭后，有关借助土匪欺压百姓的一些品行恶劣的乡绅、地痞便彻底失去了依靠，农民不仅分到了土地，一时间得到了平等、自由和尊严，心里无比畅快。

时间就这样在新的天地里无声无息地流着，杨老爹一家的日子似乎过得十分安稳，没有太多的波浪。只是杨老爹的岳父陈浩然得了几年平安日子过，一生善良的老人九十高寿便无疾而终，埋在了秦立的旁边。儿子杨羊初中毕业后就被推荐读了地区师范学校，毕业后回到了镇上教书，当了校长，现已成家立业，后来调到了市里任职。秦敏嫁给了镇中学的一个老师，一家人和和美美，后来举家搬到了省城，当然这些都是后话。

在兵荒马乱的年月，岩上确实是个最为理想的避难之地，但是新中国成立后，这里却成了偏僻的贫穷之地。

虽然这里群众的生活发生了翻天覆地的变化，但离幸福的好日子似乎还有些遥远。

先来看看路吧。岩上背对悬崖河岸，面临巉岩，一条两三公里的羊肠小道从面前的悬崖上垂下，到了山脚才稍微宽敞平坦些，这里因为陡峭，路过的人马时常跌落山崖。从岩上到秋家寨约有两公里的路程，从秋家寨的悬崖下到镇上还有十来公里。如果从岩上左边悬崖到镇上，虽只有五六公里，但不是岩石就是深谷。

那时杨老爹乐于助人、无私无畏，威信高，被选为大队长，岩上附近的十来个村寨被叫为生产小队，每个生产小队都有小队长，均属岩上大队管辖。

当大队长的杨老爹面对岩上的困境，天天冥思苦想着要带群众找出路，最终他认为先把路修好再说。

修路，从岩上背后的悬崖过显然不太现实，虽然近点，但没有足够的炸药是修不通的，唯一的办法就是从秋家寨豁口的悬崖修下去。

修路的历程是非常艰辛的,杨老爹在做工作的时候,很多群众不敢相信,有些甚至冷言冷语:"要挖路下去?简直是做梦。"

说实话,群众的冷水并非凭空而来,因为路基得从悬崖上抠出来。

那时杨老爹五十来岁,有种豪气冲天的热情,全然不顾群众的冷眼,想先行动起来再说。于是他就把各小队队长动员起来商量对策,大家统一思想后,在杨老爹的组织带领下,岩上的挖路战争开始了。

大家都没有挖路的经验,也不懂测量,一致认为,就顺着山道挖,把路面扩宽,如果遇到特别陡峭的地方就拉弯,然后把路基加固就行了。

意见统一后,杨老爹就安排各个小队的小队长去动员群众修路,也是他带头用拇指般粗的棕绳拴着自己吊在悬崖上打炮眼,那恍恍荡荡的样子让人看着十分揪心。其他生产小队的小队长见杨老爹已经上了,就轮流着上去给他掌炮杆。

人在半空晃来晃去的不好使劲,抡大锤的杨老爹有时向不着准头,怕落锤打着掌炮杆的;掌炮杆的看到杨老爹像醉酒的人抡着大锤向自己砸来,怕打着自己,又一躲一躲的,掌得没了准头,这样下来一天只打得了几个炮眼。

打好炮眼,杨老爹就让大家先撤,自己填药、点火……

这段路修修停停,修了三个冬天才把毛路打到下面。随后,他又组织群众把下边的路面拓宽,但这条路只修了一半就卡了壳,原因是路过一个村寨占了对方土地,对方不让修。路虽然没有全部修通,但群众出行路过悬崖不用再提心吊胆了。

再来看看吃水。

因为几十年前的青山绿水遭到了破坏,水源也因此而枯竭,连杨老爹家老屋后的水也断了。

村人要吃上水，就必须要三更起床前去守候，如果去晚了，还得等很久。

水井不大，镶嵌在寨子前边改造的田里，比脸盆大不了多少，四周偶尔还能看到牲口的足迹和粪便。只要见井里蓄了点水，守水的人就会赶紧用水瓢去舀，把井底的石板都刮出响声来。

好不容易等到一担水挑回家，又得把桃核或者杏仁砸碎，搅拌进去，让泥沙迅速沉到缸底，才能饮用。喝着那种水，嘴里像含着半口渣子，剩余的半口全是细泥。

由于水的不卫生，岩上闹过伤寒病。一个寨子的人基本都生病了，外面的人不敢进寨，说寨里有瘟疫，寨里的人不敢出去，出去了就要挨骂。县里得到报告，及时派出医疗队前来治疗，才得以控制。

吃水之难害苦了村民，于是大家奋起找水，终于在岩上和望山屯之间的洞穴中找到水源。

但要想把深山里的水引来并非易事，工程浩大不说，技术也跟不上。

可是，村民们饱受了无水之苦，一个二个发誓要把水引到村里。几个寨子里的村民在杨老爹的带领下，像杨老爹的爷爷带着一家刚开始来岩上一样，搭起简易茅棚，拿起铁锹、锄头、箩筐、扁担等工具，自带苞谷面、酸菜豆汤、洋芋、白菜来到工地开干起来。

经过一年多的努力，终于在水源点建起了拦水坝，让洞中水位高起来，在洞外又修通了将近五公里长的沟渠，从洞中满上来的水，穿山过峡，朝着寨子流淌。但由于管道是胶管，有些接头接得不牢固，漏水、暴管等时有发生，供水虽断断续续，到底还是解决了群众的吃水难问题。

　　再说看病吧。这里逐渐有十多个寨子。2000多口人,只有一个学了几天医的赤脚医生,在他手下医治的病人活过来的极少,大家不愿找他治。所以这里有着"小病拖,大病扛,病危等着见阎王"的说法。

　　行路不便,树木被砍光,烧煤要下到河底里去背,一天只能背到一次煤;去镇上赶集要走十来公里,去县城一趟要走三个多小时才能坐上班车,天黑才到县城。

　　虽然杨老爹带领村民奋战了好多年,但还是没有真正彻底解决村民的吃水难、看病难、行路难的"新土匪"问题。

五十三

◇◇◇◇◇

　　把王老八送上山安葬后,三兄弟就开始算账。

　　收入是平均分配,还是按往来的人亲划分?

　　王大八、王小八赞成按往来人亲划分,这种分法王小蛋分得少,因为他长年在外打工,很少走动。

　　王大八、王小八划走了钱,就去还款去了。

　　王小蛋的账划得少,欠的债不好还,如果今年还不清,明年又是利滚利,更难还。他文化不高,又没技术,做的是体力活,一年省吃俭用下来也就两三百,要想还清债务确实很难。

　　为了挣钱还贷,王小蛋听了吴娃的介绍,就去卖血,刚开始的时候,每半个月抽几百毫升没多大问题。可是抽了两个月下来,王小蛋感觉力不从心,整个人面黄肌瘦起来,走路时像踩棉花，一天昏沉沉的就想睡觉。

吴娃看王小蛋的精神状态不好，怕出事，叫他不要抽了，就给他出个主意："你可以不用抽血，但你可以组织村里的人抽血，我们一起分提成。"

王小蛋觉得这主意不错，就回老家开始宣传抽血，经他不断游说，村里加入抽血队伍的老人越来越多，其中还有小孩。

每月中旬和月底会有人到镇上抽血，一百毫升卖二几十块，但实际一百毫升到村民手中才十来块。即使这样，村民们也感觉找到了条挣钱的门路，一个个满心欢喜。

有了卖血钱，村民们的生活得到了提高。但是，渐渐地，村里有人得了眼黄病，也有人得了腿胖病，就是大腿肚窝有无痛的肿块。

虽然有了这些病，但感觉不到痛，没有影响到他们抽血的脚步，他们依旧每半个月都去镇上卖血。

杨老爹感觉卖血不对，影响身体不说，还会传染上其他疾病，就想方设法极力阻止他们。可是钱却像个魔鬼，杨老爹白天想方设法拦阻，可是晚上他们却悄悄去抽……

五十四

◇◇◇◇◇

杨健明从解放窑子洞回部队后，就升任团长。

随后又参加了抗美援朝，回国后，又被提为旅长。

几年后，杨健明转业到省某厅任处长。

"文化大革命"期间，杨健明被打倒，原因是他救过升任中将的老班长被诬陷为反党分子，为此深挖出杨健明与其的特殊关系，于是被下放到地方农场改造。

"文化大革命"结束，中将官复原职，杨健明回省厅任厅级干部。

杨健明救了老班长后，两人成了生死之交，在战争中一路相互关照。虽然老班长升任了中将，但杨健明仍一如既往称中将为老班长，足显出两人关系的亲密程度。

可能是老班长心情好的缘故，有一天突然说想到杨健明的老家去看看。

杨健明不敢怠慢，他离开故土好多年了，老家是什么样子他不知道。为了接待好老班长到老家视察，杨健明把情况及时逐级汇报，领导对中将要去视察非常重视，立即电告地方党委，要求做好接待工作。

为了接待好中将，市里专门安排一名常委下到县区坐镇指导。

从县城到镇上已是水泥路，但到岩上还有大约五公里的距离不通路，还有五公里左右是马车路。

市里听了汇报，责令市、县和流坝镇不管采取什么办法，确保中将视察时通车。

市、县两级交通部门领令而行，连夜调去挖土机、凿岩机，分段负责，白天黑夜三班倒。在镇党委的配合下，十公里的距离十天就全部完工，还把秋家寨下边悬崖上的路拉成大弯扩宽了，并在上面铺了细沙。

看到如此惊人的速度，县里干脆一不做二不休，就在上面铺上了水泥，于是通到岩上的路就成了全县唯一通到村寨的水泥路。

通路当天，寨上的村民欢喜得说话都是笑的，他们不知道这是沾了中将要到村里来的福气。

最后,中将因为其他事情没有来,说是改时间再来,但究竟什么时候来,没有了下文。

中将没有来,杨健明却来了。

杨健明是时隔一年后以扶贫开发的名义来调研的。

为加大扶贫开发工作力度,省里组建了扶贫开发工作队进村开展扶贫调研工作,杨健明虽退居二线,但却主动请缨到岩上开展扶贫工作调研。

五十五

岩上村在B市与P市的交界处,缓缓而下的北盘江把两市分隔。

长期以来,B、P两市交往甚为密切,他们以船为交通工具,这边的群众常年要去对面背煤,对面的群众常会到这边来卖些百货,长此以往,两地关系融洽。

但是,随着B市的发展加快,B市在北盘江下游建起了水电站。在修大坝时,水位上涨,把岩上村到对面B市的渡口淹没,从此岩上村与对面村寨没有条件往来了,两地群众只能隔河相望。

杨健明以调研的方式重新踏上故土,百感交集,看着苍老的杨老爹,这个曾经和自己生死与共的兄弟,杨健明感觉欠他的太多太多。

杨健明再次来到了父母、叔婶、两个弟弟及妹妹和秦立的坟前祭拜，老泪纵横。

这是时隔将近五十年来与家人的第二次见面，看着青山如岱，杨健明心想，以后能在这个地方与亲人朝夕相伴，也是难得的幸福。

站在岩上与B市对望的河岸，杨健明的心绪飘得很远很远，仿佛这里已经建起了一座桥梁，把岩上和对面连在了一起；仿佛岩上的村民已经把房屋修到了岸边，成了繁华的乡村。

几天的调研让杨健明心情久久难以平静。这里虽然通了电，但电线杆不是竹竿就是树丫，电线要么是一根铝线，要么是根胶线，大风一吹，经常断线，用电很不正常，也很不安全；水管虽然修通了，但是简单的胶管，经常不是爆管就是断管，供水极不正常。特别是卖血致富的观念让他感到无地自容，抬不起头。

在岩上村调研结束回到县里后，县里听了杨健明的建议，组织召开了一个小范围的座谈会，公安局、组织部、民政局、水务局、供电局等部门主要负责同志参与。

杨健明指出，岩上村的脱贫必须有一个坚强的基层党组织，必须加强水电路讯等基础设施建设，必须彻底打掉组织村民卖血的团伙。

为了落实杨健明的三个必须，鹿县主要领导作了检讨表态，现场成立了工作专班和惩治卖血团伙专案组，岩上村的扶贫工作正式拉开帷幕。

五十六

　　吴娃的公司越办越大，后来把放高利贷拓宽到网贷。

　　这几天吴娃得到消息，说县里正准备严打高利贷、网贷，让他小心。

　　其实，让吴娃担心的不是这个，而是说要严惩卖血团伙。同时，也担心"永乐长冥"公司的安危。

　　说起吴娃，可不是个简单的人物，他的后面站着的不是一个人，而是一个团伙，吴娃只不过是站在台前的一副面具、一个木偶。

　　早些年，吴娃的父亲在镇上（以前叫公社）粮站当站长，从县公安局派来镇派出所当所长的一个民警与他父亲一个姓，虽然八竿子打不着，但因一个姓，就认了家门。

　　派出所所长因为家住县城，当时交通又不便，常年很少回家。于是吴娃的父亲经常请他到家里吃饭，好肉好酒招待。时间一长，站长和所长成了拜把兄弟，站长有所长罩着，挣钱的胆子就大了起来，所长有站长这棵摇钱树，仕途也进步得很快。

　　那年头，粮站很赚钱，低价压级向群众收购，高价抬级卖给国家，被人们称为"粮虫"。人们知道站长有所长撑腰，都敢怒不敢言。

　　后来，站长又通过所长与镇上信用社联合，放起了高利贷，凡是借款的群众，信贷主任都说无款，就把群众支来站长这边借钱。

　　为了保证自己所贷的款收到位，吴娃招了些劣迹斑斑的打手，专门催收贷款，除了高息收回款给予一定的费用外，还把滞纳金部分按百分之五十的提成作为劳务费补助。打手们见有钱可捞，又知道吴娃有靠山，一个两个心黑手辣地干了起来。

他们开始只针对边远贫困的群众，后来连高中生、大学生也不放过，逼得一些学生无钱还款，最后走投无路自杀。

吴娃在镇上堪称一霸，只要能赚钱什么都敢干。

看到岩上修活人墓能赚钱，他听从了在民政局当办公室主任的叔叔的建议，办起了"永乐长冥"公司，为了不让人起疑，公司的法人是以跟随他紧密的一个小马崽的身份办的。组织村民卖血也是他们公司业务之一，但幕后老板却是他在卫生局当副局长的舅舅。

手里有了钱，他开始不断膨胀了，加之此时，那个当初的派出所所长一路升迁，在县公安局当了几年副局长后，接着当了局长，后来调到市公安局当副局长。后来又去市委政法委当了常务副书记。

吴娃的舅舅在卫生局当了几年副局长后，先在乡镇当了两年书记，换届后又回卫生局当局长，后来被提拔为分管卫生、教育工作的副县长。

吴娃的叔叔在他舅舅的运作下，当上了民政局局长。

吴娃有这么多大树、这么多"神"在后面护着、罩着，在镇上有恃无恐，无恶不作。

五十七

为了让扶贫开发工作取得成效，杨健明亲自到交通厅协调项目，厅长知道这个老革命一心为了家乡，就安排市交通局的人亲自到实地去勘探，要求市局把岩上通往B市的大桥作为项目申报，由省厅出面组织B、P两市共同协商落实。

有了省厅出面，大桥当年就立了项，并在第二年春开始动工。县里见省厅在扶贫工作上有了大动作，就紧紧跟上，把岩上的通水工程作为年内必须办理的实事之一，由一名副县长负责，每半月查看一次进度。

在省市相关部门的过问和协调、督促下，打击卖血团伙工作有序推进，涉及的保护伞等一干人被依法依规处理，吴娃的账户财产被冻结，他见势不妙就悄悄潜逃，在过缅甸的途中被抓获。在卖血中患病的群众得到了妥善救助和治疗。

吴娃被抓，张前虽然加入公司，但只是在公司看风水、做法事、拿提成，没有做过伤天害理的事，被批评教育后放回。

回家后的张前感觉无颜见乡亲父老，特别是无脸见杨老爹。他在杨老爹面前痛哭流涕，长跪辞行，说要去外面打工。

看着远去的张前，杨老爹老泪纵横，内心感到无比哀戚。

五十八

鹿县有着丰富的煤炭资源。解放后,鹿县境内的煤矿资源得到大规模开采。

云山镇周围不仅有大片的森林,而且也有丰富的煤炭,因为得天独厚的地理优势,这里被批准成立了云山县,大量开采煤炭,通过几年的努力,云山县修通了公路、铁路,火车不仅通到省城,甚至还和省外相接。

随后,这里被划为"三线建设"范围,四面八方的人齐涌云山县,他们"三块石头一口锅,帐篷搭在山窝窝",在云山县建设了无数矿井,创造了无数建设奇迹,建立了一个新的天地。

为适应大规模矿产资源开发,20世纪70年代,鹿县和云山县被撤销,合并成了新的云山县,新的县府所在地设在云山县。

新的云山县成立后,鹿县县府搬到了云山县合并办公,于是围绕县府周围的山地得到了充分的开发利用,一个大的建筑群围绕着云山县县府所在地像雨后春笋般拔地而起。

云山县主城区在那克,最中心的地方叫街心花园,是大十字,大十字中心有个煤矿工人托举熊熊燃烧的煤炭城市标志,四周的旅馆、餐馆、卡拉OK厅、录像厅不计其数,每到晚上异常热闹。

张前以前在"永乐长冥"出大力流大汗,成了公司大红人,深得吴娃赏识,吴娃经常带他到城里看花花世界,享受美好生活。

由于得到了吴娃的信任,张前第一次到县城的时候一脸茫然，分不清东西南北，是吴娃把他带上路的。这一带就让他上了瘾，就经常想着来县城。

为了套牢张前，有了钱的吴娃不怕张前到城里玩，他们进卡拉OK厅、录像厅，进馆子，末了还给张前买套漂亮的衣服，让张前感激不尽。

张前经常来，城区混得也熟了，对城市生活有着一种深深的向往。以前开始是吴娃带他来，此后吴娃不带他他也来。

有一次他来县城，听说云山煤矿要招工，就主动报了名，虽然是下井工人，但远离了他怕面对的朝夕相处的父老乡亲，也摆脱了吴娃的控制。

当工人虽苦，但是自己凭劳力挣钱，不再被人白眼、指责。长期在井下挖煤的张前像换了个人似的，休息时不再去卡拉OK厅、录像厅了，他把钱存下来，想找个媳妇，安安稳稳过日子。

他白天挖煤一身黑，休息时澡堂子一泡，身体像脱了皮似的变得白了起来，再把头发一理、胡子一刮，人就显得年轻干净自信。他省吃俭用，手中有了钱，再买了些合身且好看的衣服穿起，人变得更加帅气了，他想找个媳妇，不是人挑他，而是他在选人。

工友的女人在家属区开了个小卖部，工友的姨妹经常在那闲逛，工友有意介绍给张前，经常邀他去家中喝酒。这一来二去，张前就对那姑娘有了感觉，经工友一提，两人便好上了。

张前结婚了，女人在家做饭，他把工资交给女人，女人心里鼓胀得踏实。

日子像树叶一样长出来，也像树叶一样落下去。20世纪90年代末，由于政策调整，云山县所在的煤矿挖出的煤堆积如山，卖不出去，工人们便开始无所事事。煤卖不出去，便发不了工资，渐渐地，工人的生活陷入了绝境。

为了生存，张前去跑摩托、帮人送水、去背背篓，女人去做家政、保洁、护工，他们都想多挣钱，好供女儿读书。

张前来矿上当工人的事从没告诉家里的大哥，他只有大哥一个亲人了。他觉得在老家做了丢脸的事，再来挖煤做丢脸的事（他认为挖煤是丢人的），所以他无脸见老家人。出门在外面打工的人逢年都要回老家过春节，好多年了都没见到张前回老家过节，老家人还认为他失踪了。

张前和工友们在新广场一角等活干，一个工友无意中说到岩上村，说那儿如今变得可好了，每到周末，好多人都去那儿玩。

说者无意，听者有心。阔别一二十年，张前还真想回老家看看。

他借清明节给父母上坟的机会，带着妻儿去了，让他想不到的是，以前的山石路如今成了水泥路，直接通到家门口。杨老爹知道他来后，就直接邀请他们一家到家里做客，令张前感动万分。

在老家，大哥把一个存折交给他，说那是他这几年里土地入股分红的钱，每年都打在存折上。

听说了张前一家当前的处境，在杨老爹的帮助下，村里聘请他参加景区管理，她爱人在景区做保洁。

想到以前对不住的乡亲们，如今却对他如此宽容，让张前感动得泣不成声。

从此，张前在景区尽心尽力工作，协助村里把景区管理得井井有条，浪子回头金不换在他身上得到了充分体现。

五十九

几年后,年迈的杨健明在儿子的陪同下来到了岩上。

从省城到县城一路高速,从县城到镇上全是沥青路面,从镇上到村里全是水泥路。

在岩上对面的公路上看岩上,能看到外墙粉刷得洁白的楼房,一间挨着一间,静静地矗立在山间,弯弯曲曲的串户路像条腾飞的巨龙向山巅爬去。

杨老爹知道杨健明来了,挂着烟杆在村口迎接。杨健明吩咐儿子把车停在大伯家门口,他拉着杨老爹的手慢慢走着、聊着。

杨老爹一会儿指着那,一会儿指着这给杨健明介绍,杨健明时而点头,时而感叹,时而唏嘘。

两个老人在寨子里走了一遭,又沿着小寨到桥边的公路向桥边慢移。

村里的胶管已改成了钢管,亮晶晶的,青丝亮弯的水从小寨里淌出来,通往前方的鱼塘里。杨老爹说水大得很,村里怕爆管,一天要放两三次水。

他们穿过码头小寨,在连接对岸的桥上放眼望去,公路两旁的房屋从岸边一直修到山脚,与山脚下寨子的人家连成一体;桥边空余的山上都种了茶叶、果树和花草,像个繁华世界。

杨老爹指着右下方,那是当年他俩躲避的洞穴,有一级级水泥石阶通进洞里,石阶的两边相隔不远处就有水泥柱,柱与柱之间有铁链拴着作为安全护栏。杨老爹说:"那里已开发成了红色旅游景点,洞里安了电灯,修了石阶小道,游玩的人多得很。"

杨老爹新修了一栋房子在秋家寨和山脚下的路中间，背靠岩上，像个四合院。主房的左边修了三层楼房，上下加起来有十多间房，书房、茶室、客厅、卧室、客房、卫生间等一应俱全。在大房的右边还修了间平房，一百多平方米，中间的过道足够小车通过，左右两边一边是休息室，一边是台球室，供岩上老人娱乐。

杨健明和杨老爹家老屋右边的小道已被修成了公路，明晃晃的，到屋后的岸边连接了河岸的人行步梯。寨子前方的小沟还在，被村里筑上了水泥，水管放出的水从水泥沟里淌到前方新建的鱼塘里，泛出粼粼波光，不时看到鱼儿跳跃。

晚上在杨老爹家，二徒弟王大贵当服务"指挥长"，只见他忙前忙后张罗着。年轻人在大房一吃完饭，就到了左边的平房内各玩各的。杨老爹和杨健明似乎有说不完的话，满屋的叶子烟味见人就呛，闻不得烟味的人一进门就被烟雾熏得跑了出来。

杨健明开玩笑说："这里山清水秀，空气好，风景好，我就在这养老了。"

杨老爹说："来吧，这里房子多，想住哪间住哪间。你那老屋捐献出来权且当作博物馆吧。"

王大贵在外打了几年工，看到家乡发生的变化，就不再外出打工了。他说家乡发展的条件越来越好，他想好好在岩上发展，门口的鱼塘就是他投资修建的，在杨老爹家吃的鱼也是他养的。

六十

　　看到岩上翻天覆地的变化，杨老爹心里十分欣慰，感觉祖辈们的努力没有白费。一个秋天阳光灿烂的早晨，张前像往常一样来给杨老爹做早餐再去景区上班。当他开门进去的时候，杨老爹没有像往常一样起了床，他连喊了几声"师父"，都没听到答应。他径直走近床边一看，杨老爹像熟睡了似的，被子盖得严严实实，张前一摸鼻孔，杨老爹没气了。

　　杨老爹健在的时候，杨羊要接杨老爹去城里，杨老爹死活不肯。

　　见杨羊上班照顾父亲两头跑，张前和王大贵主动承担起照顾师父的重任，两个轮流值班。昨晚师徒还高高兴兴聊着呢，今天早上九十六岁的师父却无疾而终了。

　　杨老爹去世后，后人将他埋在了他父亲后面，与秦立的坟墓排在一起。一年后九十五岁的杨健明也去世了，按照他生前遗愿，组织上也把他骨灰安葬在杨老爹旁边，让两个老人最终实现了心愿。

　　云山县经历了煤炭兴县，后来又进行了煤矿整合技改。在脱贫攻坚大决战中，这里掀起了修路修水拉电热潮，实现了水电路信通村通组通户。特别是组组通户户连的公路建设，像一张路网，把全县人民与全国各地连在了一起，形成了一个发展整体。

　　近年来，云山县坚持以高质量发展统揽全局，依托丰富的煤炭资源、电力优势等，找到了自身发展的定位，探索出了适合自身发展的特色路径，走出了一条县域工业经济高质量发展的突围之路,也就是聚焦煤、电、锂资源优势,全力推动"煤电、煤电锂、煤电材、煤电化、煤焦氢、农特产品精深加工及中医药"六大产业链条集群发展。

随着干部作风的大转变、营商环境的大优化、工业发展的大崛起、城市建设的大提升、人居环境的大改善,云山县正以昂首阔步的姿势走在新时代发展的康庄大道上。

随着乡村振兴建设的全面推进,岩上已进行了村庄建设系统规划,正在乡村振兴的大道上一路奔袭……